코끼리는
안녕,

코끼리는
안녕,

제1회 문학동네 대학소설상 수상작

이종산
장편소설

문학동네

차례

1. 기린휴게소

아홉시 뉴스에 말하는 코끼리가 나왔다. 열일곱 개의 말을 할 줄 안다고 했다. 코끼리를 마지막으로 본 건 중학생 때다. 백일장에서 코끼리를 그렸다. 비가 와서 도화지가 젖었다. 그날 그린 코끼리 그림으로 문화상품권 오천원 권과 공책 한 권을 받았다. 문화상품권으로는 맥도날드에서 해피밀 세트를 사먹었고 공책은 버렸다. 그달의 해피밀 장난감이 무엇이었는지는 기억나지 않는다.

코끼리는 안녕, 하고 말했다. 안녕, 하고 따라 해보았다. 안녕, 홀라, 헬로, 알로하, 오하이오, 니하오, 차오 안, 샬롬, 나마스테, 부에노스 디아스, 즈드라스트부이체, 도브리 덴, 사와디 크랍, 하바리 가니, 셀라마트 파기, 본 조르노, 세르부스. 열일곱 개의 안녕이었다. 텔레비전을 보면서 안녕 안녕, 하고 코끼리의 목소리를 따라 하다보니 목이 말라서 포도를 먹었다.

아침이 되자 코끼리의 목소리가 듣고 싶어졌다. 일요일이 아니었다. 전기주전자의 스위치를 켜두고 머리를 감았다. 홍차가 우

러나는 동안 옷을 입었다. 홍차가 썼다. 홍차가 쓴 김에 동물원에
갔다.

동물원은 멀었다. 출근시간이라 지하철이 붐볐다. 대공원역에
는 의외로 내리는 사람이 많았다. 사람들에 섞여 지하철 계단을
올라가니 마음이 편해졌다.

매표소 앞은 썰렁했다. 근처 카페에 앉아 기다리다가 잠깐 졸
았다. 카페에서 나가니 쌀쌀했다. 날이 흐렸다. 목이 칼칼했다. 이
제라도 돌아갈까, 생각했으나 코끼리열차가 타고 싶어져서 표를
샀다. 코끼리열차를 타고 보니 다시 코끼리가 보고 싶어졌다.

지도를 보고 코끼리 우리로 갔다. 코끼리 우리는 멀지 않은 곳
에 있었다. 코끼리는 기억보다 작았다. 십 년 만에 본 코끼리였다.
어젯밤 뉴스에서 본 그 코끼리가 맞을까. 십 년 전에 봤던 그 코끼
리는 아니겠지. 코끼리의 수명이 얼마더라. 코끼리의 검고 큰 눈
과 주름진 회색 가죽을 보면서 코끼리가 말하기를 기다렸다. 한
참을 기다리다가 목이 뻐근해져서 고개를 옆으로 돌리니 드라큘
라가 서 있었다. 드라큘라는 안녕, 하고 말했다. 커다란 송곳니가
드러났다.

_ 그 송곳니 진짜인가요.

_ 진짜야.

_ 그렇게 이빨이 크면 불편하지 않나요.

_ 드라큘라니까 괜찮아.

_ 드라큘라군요.

_ 드라큘라야. 아마도.

드라큘라는 나를 빤히 쳐다보았다. 코끼리가 말하지 않나요, 안녕, 하고. 괜히 어색해서 물어봤다. 코끼리는 안녕, 하고 말하지 않지. 드라큘라는 희한한 소리도 다 듣겠다는 듯 웃었다. 난 코끼리는 안녕 말고도 열여섯 개의 안녕을 말할 줄 안다고 하려다가 그만두었다. 코끼리는 조용했다.

코끼리는 천천히 걷다가는 또 잠시 멈춰 서 있었다. 장님 코끼리 만지기라는 유명한 이야기가 떠올랐다. 그 이야기를 처음 읽은 건 시골집에서였다. 영문과 한글로 번역된 글이 같이 실려 있는, 표지가 빨간 책에 그 이야기가 실려 있었다. 빨간 책은 먼지가 두껍게 쌓인 채 오래된 나무서랍장 안에 내버려져 있을 것이다. 지금은 트럭운전사인 삼촌이 고등학생일 적에 영어 공부를 하려고 샀던 책이다.

기둥과 밧줄.

코끼리의 다리와 코와 꼬리를 보면서 그럴 만도 하다고 생각했다.

_ 어느 것이 밧줄이었죠.

코와 꼬리 중 어떤 것을 만지고 밧줄이라고 했는지가 기억나지 않아 드라큘라에게 물으니 그는 모르겠다고 대답했다. 그리고 덧붙였다.

_ 꼬리가 아닐까. 코라면 너무 굵잖아.

그도 그렇다. 밧줄이라 느끼기에 코는 너무 굵다.

_ 사다리는요.

도무지 어느 부위인지 짐작할 수 없었다. 드라큘라는 고개를 저었다. 드라큘라도 모르는 것이 많구나. 속으로 생각하는데 코끼리가 문득 울어서 흠칫 놀랐다. 딸꾹질이 났다.

_ 딸꾹.

_ 무엇을 훔쳐 먹었지?

그런 것도 아는가 싶어서 드라큘라를 쳐다보았다. 얼굴이 창백하고 눈두덩이 움푹 패어 검게 그늘이 져 있었다. 나는 아무것도 훔쳐 먹지 않았다고 말했다. 그쪽이야말로 매일 남의 피를 훔쳐 먹지 않나요? 그렇게 생각했으나 차마 입 밖으로 꺼내지 못했다.

_ 딸꾹.

_ 놀래켜줄까.

_ 됐어요.

이미 놀라고 있어요. 말을 삼켰다. 이만 도망치는 게 좋겠다. 드라큘라는 위험하다. 매혹적이고 위험하다. 듣던 대로 매혹적인 걸 보니 듣던 것만큼 위험하겠지. 나는 꾸벅 인사를 하고 기린을 보러 갔다.

기린 우리에 도착했을 때 먼저 와 있던 드라큘라를 보고 딸꾹질이 멎었다.

_ 빠르군요.

_ 박쥐보다는 빠르지.

그가 미소지었다. 드라큘라의 눈동자가 붉었다. 붉은 눈동자가 있는 얼굴이 희었다.

_ 딸꾹질이 멎었군. 고맙지 않아.

_ 별로요.

드라큘라가 이빨을 드러냈다. 송곳니는 확실히 위협적이었다. 섬뜩해져서 기린을 보며 딴청을 부렸다.

기린의 목이 너무 길어서 불안했다. 무릎이라도 잘못 꺾이면 그대로 목이 부러질 것 같았다.

_ 불안하지 않나요.

_ 불안하지.

목을 좀 줄이면 어떨까. 이제 와서 목이 좀 짧아진다고 해도 굶어 죽는 것도 아닐 텐데. 기린처럼 높은 시야를 가지면 떨려서 눈을 뜨지 못할 것 같았다. 그렇게 말하니 그는 정색하면서 기린은 괜찮다고 했다. 기린은 기린끼리만 마주 볼 수 있으면 안정감을 느낄 거라는 거였다.

_ 게다가,

그가 말을 이었다.

_ 네 눈이 갑자기 발목께로 내려간다고 생각해봐. 오히려 불안해지지 않겠어?

_ 그렇겠네요.

기린은 우아하지 않았다. 하마만큼도 우아해 보이지 않았다. 나는 드라큘라에게 무시당한 것 같아 속이 상했다.

_ 무슨 일을 해.

드라큘라가 불쑥 물었다. 나는 무방비 상태였다.

_ 관을 만들어요.

보통은 솔직하게 말하지 않았다. 내가 관을 만드는 여자라는 걸 알게 된 상대가 나를 다시 쳐다볼 때마다 검은 천을 덮어쓰는 기분이 들곤 했다. 그러나 드라큘라의 표정이 환해져서 이번만은 괜찮았다.

드라큘라는 내가 어떤 관을 만드는지 꼬치꼬치 캐물었다. 돌은 다룰 줄 모르고 목관만 전문적으로 한다고 하니 그의 얼굴이 더욱 피어났다. 그 얼굴에 나도 모르게 들떠서 옻칠을 하는 과정까지 늘어놨다. 윤을 낸 검은 관이 얼마나 멋진지 목소리를 높여 떠들다가 아차 싶어 입을 다물었다.

_ 관을 좋아하는군.

_ 좋아해요.

_ 음침하군.

_ 그래요.

나는 뚱하게 대답했다. 음침하다는 소리라면 지겹게 들어왔다. 그러나 그 어투가 묘하게 칭찬 같아서 사실은 싫지 않았다.

_ 학을 보러 갈까.

홍학 우리 쪽으로 갔다. 드라큘라가 슬며시 내 손을 잡았다. 차가운 손이었다. 차가워서 좋았다.

홍학떼는 멀리서 보기에도 붉었다. 분홍 라플레시아가 꽃잎을 말았다 폈다 하는 것 같았다.

_ 다른 말로는 뭐라고 부르죠.

_ 다른 말이라니.

_ 영어로요.

_ 레드버드가 아닐까.

우리는 안내판을 확인했다.

홍학 Flamingo

_ 플라밍고.

_ 플라밍고.

내가 소리내어 읽자 그가 따라 읽었다. 드라큘라가 따라 읽더니 머쓱하게 웃었다.

_ 우리나라 드라큘라군요.

_ 한국 흡혈귀지.

나는 웃었다. 홍학 우리는 아이들에 둘러싸여 있었다. 흔히 보기 어려운 분홍 빛깔이라 눈길을 끄는 것 같았다. 여자아이들이 너도나도 예쁘다고 소리쳤다.

홍학하면 '앨리스'. 나에겐 그렇다. 『이상한 나라의 앨리스』에서 홍학은 나무 위로 올라가려 했지만 실패해서 다시 붙잡혔다. 우리 안의 홍학들이 거꾸로 서 있는 것처럼 보였다.

초록색 셔츠를 입은 남자애 하나가 홍학에 흥미가 떨어진 듯 무리에서 떨어져나왔다. 아이는 내 옆에 서 있는 드라큘라를 보고는 눈이 휘둥그레졌다가 그대로 얼어붙었다. 그리고 곧 울기 시작했다. 왜, 왜 그래. 다른 아이들이 몰려들었다. 초록 아이가 손가락으로 드라큘라를 가리키자 드센 아이들이 들고 있던 물병과 과자봉지 등을 우리 쪽으로 던졌다. 처음엔 겁을 먹었던 아이들도 곧 공격에 합세했다. 드라큘라와 나는 여전히 손을 잡은 채로 달렸다. 부러 깔깔깔 소리내어 웃으면서.

그렇게 크게 웃은 건, 중학생 때 코끼리가 자기가 싼 똥에 미끄러져 넘어지는 걸 본 이후로 처음이었다. 얼린 물이 든 물병이 날아와 드라큘라의 팔을 치고 떨어졌다. 드라큘라의 눈빛이 흔들려서 나는 더욱 힘껏 웃으며 달렸다.

정신없이 달리다보니 배가 고팠다. 기린휴게소로 갔다. 비가 오길래 떡볶이를 시켰다.

_드라큘라가 되기 전엔 무슨 일을 했어요.

_요정에서 가마꾼을 했지.

주문한 음식이 나오자 그가 떡볶이 쟁반을 가지고 왔다. 허리가 가늘었다. 가마꾼을 할 만한 허리는 아닌 것 같았다.

_보기보다 힘이 센가봐요.

_얼굴 마담이었지.

그가 떡볶이 접시를 내 쪽으로 밀었다. 그의 덤덤한 말투 때문에 면박을 주지도 못하고 아아 그래요, 넘겼다. 떡볶이는 달짝지근했다. 떡이 말랑했다.

_그 시절에 사랑에 빠지기도 했나요.

_그랬지.

나는 드라큘라 영화에 나오는 처녀들을 떠올렸다. 부풀린 소매가 달린 드레스를 입은 처녀들의 멍한 눈과 멍한 입술과 희고 아름다운 목을.

_노래를 잘 부르는 기생이었나요.

_ 아니.

_ 그럼 현을 잘 타는 기생이었나요.

_ 아니.

_ 그러면요.

_ 기생이 아니었어. 미라였어.

드라큘라가 미라를 사랑했었다고 말하고는 플라스틱컵을 들어 물을 마셨다.

_ 미라는 죽어 있지 않나요.

_ 죽어 있으면서 살아 있지.

지금의 당신처럼요, 하고 나는 말하지 않았다. 대신 이야기를 해달라고 졸랐다. 그는 천천히 그러나 익숙한 듯 이야기를 시작 했다.

_ 순사가 하룻밤을 같이 보내자는 걸 거절했다가 죽도록 맞은 날이었어. 요정 가마꾼 중에는 몸을 파는 남자들이 없지 않았지. 난 제일 인기 많은 기생의 가마꾼이라 덩달아 얼굴이 팔려 있었 어. 요정 마담은 나를 방에 넣고 싶어했지. 몇 번은 그랬어. 하지 만 그날만은 그러기가 싫었고, 그러다 묵사발이 된 거지.

도망치다 열린 문이 하나 있어 들어가고 보니 사당이었어. 사 당이라면 순사가 찾지 못할 것 같아 나가지 않았어. 사당 안은 아 늑했지. 여름밤이라 숨 막히게 더웠지만 편안했어. 나른해졌지. 어둠이 눈에 익자 사당 안의 물건들이 살아났어. 위패 대신 관이 있더군.

_ 어떤 관이었나요.

_ 아카시아나무로 된 관이었어.

아카시아라면 오래가지 못할 텐데.

_ 나는 무서워졌어. 그런데 관이 열리고 그녀와 눈이 마주쳤어. 그리고 슬퍼졌지.

_ 첫눈에 반한 거군요.

_ 그랬지.

_ 온몸이 붕대로 감겨 있지 않았나요.

_ 그랬지.

_ 그럼 어딜 보고 반했나요.

_ 신비스러워서.

_ 차라리 인도 여자를 사랑하지 않구요.

_ 인도는 너무 멀잖아.

그가 이야기를 그만둘까봐 잠자코 있었다. 그는 계속했다.

_ 매일 밤 사당에 가서 그녀를 만났어. 그녀는 사람이라고도 여자라고도 부를 수 없었고, 나는 그녀를 부를 수도 만질 수도 없었어. 그저 바라보기만 했지. 결국은 참지 못하고 그녀에게 달려들었어. 그녀는 관을 굳게 닫아버렸고, 나는 관을 두드렸어. 그녀를 한 번 안아볼 수만 있다면 죽어도 좋다는 마음이었어. 그녀에게 어떻게 하면 되겠냐고 물었어. 그녀는 우리가 같은 존재가 아니라 이루어질 수 없다고 했지. 우리는 서로의 세계에서는 존재하지 않았으니까. 난 그녀와 같은 존재가 되고 싶었어. 그녀는 정말이냐고 묻더니 내 얼굴을 보고는 웃음을 터뜨렸어. 너무 심각하

다면서. 우리는 심각할 것 없이 키스를 했어. 하지만 진지했지. 그리고 난 드라큘라가 됐어. 1929년이었어.

_ 그녀는 드라큘라였나요.

_ 그랬나봐. 그녀는 다음날로 떠나버렸어.

_ 왜죠.

_ 아무리 생각해봐도 모르겠어. 잠시 정신을 잃었다가 깨어났을 때 난 이미 드라큘라가 되어 있었고, 그녀에게 흡혈귀였냐고 물었을 뿐이었어. 난 당신이 미라인 줄 알았어, 라고도 했지만 그건 내게 아무 상관 없는 문제였어. 하지만 그녀는 절망한 것 같았어. 그날 이후로 키스하기 전에 상대에게 누구냐고 묻는 버릇이 생겼어.

_ 분위기 깨게스리.

_ 맞아.

그가 내 얼굴을 가만히 들여다봤다.

_ 이상한 눈이군.

빨간 눈의 그가 나에게 물었다.

_ 넌 누구지?

_ 난 코끼리예요.

떡볶이를 먹어서 그렇게 말했다.

_ 사람인 줄 알았는데.

_ 역시 겉만 보고는 알 수가 없어.

그가 충격받았다는 듯 중얼거렸다.

_ 거짓말이에요.

말하자 그가 빙글빙글 웃으며 일어섰다. 보고 싶은 동물이 있느냐고 물어서 물개가 보고 싶다고 말했다. 사람이라고 할걸 그랬나. 휴게소를 나가면서 조금 후회했다.

부슬비이긴 했지만 비는 그치지 않고 있었다. 동물원 냄새에 비내음이 섞이면 처량맞은 향기가 난다. 가을에는 낙엽 냄새 때문에 더욱 그렇다.

_ 쓸쓸하네요.

드라큘라가 망토를 펼쳐들고 안쪽으로 들어오라고 손짓했다.

_ 됐어요. 그냥 해본 말이에요.

_ 뭐라고 했는데? 젖잖아, 어서 와.

못 들었나. 고집부릴 일도 아니라 망토자락 아래로 들어갔다. 훈기가 느껴졌다. 체온도 없을 텐데 이상했다.

기린휴게소에서 돌고래쇼장까지는 가까운 거리였지만 비가 와서 멀게 느껴졌다. 돌고래쇼는 삼십 분 간격으로 공연이 시작되고 있었다. 쇼가 시작되기 십 분 전에 쇼장으로 들어갔다. 안으로 들어가니 후덥지근했다. 이층 좌석까지 사람이 가득 차 있어서 이층 구석자리에 비집고 앉았다.

쇼가 시작되기 전에 무대 스크린에서 준비된 영상이 나왔다. 스크린 속 남자가 어깨 돌리기를 함께 하자고 했다. 하나 둘 셋 넷 둘 둘 셋 넷. 드라큘라와 나도 구령에 맞춰 어깨를 앞으로 뒤로 돌렸다. 어깨를 풀고 나서는 박수를 쳤다. 박자는 삼삼칠. 휙휙휙 휙 휙휙 휙휙휙휙 휙휙휙. 그는 박수를 치지 않았다. 나는 옆에 앉은 여자아이가 박수치기에 열중하는 게 귀여워서 함께 손을 맞부딪쳤다. 여자아이는 양어깨에 작은 리본이 달린 분홍색 키티 캐릭터 셔츠를 입고 있었다.

쇼는 돌고래를 훔치러 온 도둑을 돌고래의 보디가드인 물개가 골려준다는 내용이었다. 물개는 두 마리로, 링고와 망고가 그 이름이었다. 줄무늬 죄수복을 입은 도둑은 파란 장대와 파란 바구니를 들고 나타났다. 물개는 파란 바구니를 머리에 뒤집어쓰고 달아나기도 하고 주둥이로 도둑의 엉덩이를 찌르기도 했다. 도둑은 돌고래는 구경도 못 하고 실컷 골탕만 먹다가 물에 빠지기까지 했다.

정신을 잃은 도둑을 경찰이 끄집어냈다. 경찰이, 도둑인데 살려줘야 할까요, 하니 아이들이 입을 모아 아니요, 했다. 경찰이 당황한 기색으로, 도둑은 살려주면 안 돼요, 물으니 네, 하는 함성이 짜랑짜랑했다. 경찰의 설득으로 아이들은 도둑을 살려주는 데 동의했다.

물개는 인공호흡으로 도둑을 살려냈다. 물개의 미끈한 주둥이가 도둑의 입술에 닿았다.

_ 수영할 줄 알아?

_ 맥주병이에요.

_ 흐응.

드라큘라가 미묘하게 웃었다. 링고와 망고는 조련사들과 블루스를 추고 나서 무대 뒤로 들어갔다.

물개가 들어가고 나서 돌고래 다섯 마리가 나왔다. 돌고래들은 초음파로 서로 대화를 한다고 했다. 조련사의 지시에 따라 돌고래들은 노래를 불렀다. 바다 한가운데에서 들었다면 아름다웠을지도 모를 그 노래는 우스꽝스럽고 끔찍하게 쇼장 안에 울려퍼졌다. 노래 제목은 '산토끼'였다.

_ 초음파로 말할 수 있다면 좋겠군.

그렇게 말하는 드라큘라의 목소리가 감미로워서 그건 안 될 일이라고 생각했다. 아깝게스리.

_ 박쥐도 초음파를 쓰잖아요.

_ 난 박쥐가 아니야.

그가 인상을 쓰며 송곳니를 드러냈다.

_ 흐응.

이번에는 내가 미묘하게 웃었다.

돌고래들은 조련사들이 출발하라고 하면 출발하고 점프하라면 높이 솟아올랐지만 말뜻을 정말 알아듣는 건 아닐 거였다. 훈련받은 대로 연기를 하고 있는 것을 의사소통이라 할 수 있을까. 물에 둥둥 떠 있는 돌고래는 고무풍선 같아 보였다.

익숙한 상대와 익숙한 이야기를 나누다보면 미리 짜맞춘 연극을 하는 것 같은 기분이 들었다. 맞장구칠 호흡과 웃을 타이밍이 정해져 있는 대화에서 말을 했다고 할 수 있는 걸까. 말을 들었다고 할 수 있는 걸까.

_ 조련사와 돌고래는 친할까요.

_ 친하겠지.

_ 말이 통하지 않는데 친할까요.

_ 말로 사귀지 않으니 친하겠지.

_ 그저 먹이를 따르는 것 아닐까요. 먹이를 주지 않으면 떠나지 않을까요.

조련사들은 돌고래들에게 먹이를 주느라 분주했다.

_ 굶어 죽지 않기 위해 떠난다고 해도 그전의 일들이 전부 거짓이 되는 건 아니겠지.

_ 아무것도 아니었던 게 될걸요.

_ 아무것도 아니었던 게 될 거라고 해서 아무것도 아니었던 건 아니겠지.

_ 그럴까요.

쇼가 끝나자마자 건물에서 빠져나왔다. 건물 밖은 비가 그치고 해가 나서 다른 세상이 되어 있었다.

2. 사슴사

우리는 나무그늘 아래로 들어갔다. 해가 구름에 가려졌다 드러 났다 했다. 그늘 밖의 세상이 깜빡거렸다. 쇼장 옆에는 매점이 있 었다. 달콤하고 기름진 냄새가 났다.

_ 츄러스 먹고 싶다.

_ 먹어.

츄러스는 이천원이었다. 선뜻 사기엔 비쌌다.

_ 배불러요.

_ 그래. 방금 간식을 먹었으니까.

_ 나한텐 밥이었는데.

_ 나한텐 피가 밥이지.

_ 역시 그런가요.

드라큘라의 끼니때가 되지 않았는지 걱정스러웠다. 잡아먹혀 도 그만이지만 목을 물리기는 싫었다.

_ 피는 어디서 구해요.

_ 마트에서. 요즘은 인터넷으로도 사.

_ 재미없어요.

썰렁한 농담. 아저씨 같아. 그러나 소년 같은 얼굴에 대고 아저씨라고 놀려봤자 재미없는 일이었다. 그는 괘씸하다는 표정으로 바짝 다가왔다. 나도 모르게 몸이 움츠러들었다. 그가 갑자기 망토를 펼쳐들어 그에게 안긴 꼴이 됐다.

_ 조금만 먹어요.

_ 무슨 소리야.

드라큘라는 망토 안에 달린 주머니에서 통조림을 꺼냈다. 피통조림이었다. 브랜드는 '청정피'.

_ 국내산인가봐요.

_ 국산이 맛있어.

그의 품안에 갇혀서 피통조림을 보고 있으려니 숨이 막혔다. 나는 그를 밀치고 망토에서 빠져나왔다. 숨쉬기가 편해졌다.

쇼장에서 가장 가까이 있는 동물 우리는 사슴사였다. 분홍색 물방울무늬 치마를 입은 여자아이가 사슴을 구경하고 있었다. 여자아이의 머리끈에 달린 방울도 분홍색이었다. 사슴은 하얀색 물방울무늬였다.

사람들이 펜스 안에서 줄을 서 있었다. 우리도 따라 들어가 줄을 섰다. 앞치마를 두른 아주머니가 당근을 한 주먹씩 쥐여줬다. 한입 크기로 썬 당근이었다. 당근은 축축했다.

사슴은 네 종류였다. 꽃사슴도 있었다. 꽃사슴이 멀리서 당근을 보고 다가와서는 입을 내밀었다. 사슴들이 당근을 쥔 손에 몰려들었다. 드라큘라는 당근을 받아들지 않았다. 아주머니가 펠릿 사료를 그의 손에 쥐여줬다. 그는 난감한 얼굴로 사료를 받아들고는 내 뒤를 쫓았다.

_ 손을 펴요.

_ 저것들이 떼거지로 오잖아.

나는 그의 손가락을 하나씩 폈다. 펠릿 사료는 동글동글했다. 개 사료와 비슷했다.

_ 주먹 쥐고 있으면 손에 사료 냄새 배요.

사슴들이 그의 손바닥에 입을 대고 우물거렸다. 경직되어 있는 드라큘라 대신 사슴을 쓰다듬어주었다. 흰 털이 부드러웠다. 사슴들은 무리지어 있었다. 자기들끼리 치고받으며 장난을 쳤다.

우리 뒤로 교복을 입은 아이들이 따라오고 있었다. 중학생으로도 고등학생으로도 보였다. 남자애들의 목소리가 커서 신경이 곤두섰다. 녀석들은 핸드폰으로 노래를 틀어놓고 수다를 떨었다. 아는 형과 아는 여자애 들 말고도 별별 화제가 쏟아져나왔다. 농담과 속어가 톡톡거렸다. 누군가가 시시껄렁한 농담을 하면 면박을 주며 웃었다. 하나가 웃으면 옆으로 옆으로 번져서 모두 함께 웃었다.

노래를 따라 부르기도 했다. 핸드폰에서는 어쿠스틱 기타 연주가 흘러나왔다. 기타를 들고 노래를 부르는 여가수의 노래였다. 기타 배우고 싶다. 나는 기타 치는 여자친구 있었으면 좋겠다. 넌 얼굴이 못생겼잖아.

얼마나 못생겼는지 궁금해서 뒤돌아보고 싶은 걸 꾹 참았다. 참으니 웃음이 났다. 입술을 물고 딴생각을 했다. 고등학교에 다닐 때 엄마는 아침마다 전화를 했다. 엄마는 시골에 내려가 있었다.

_ 일어났니.

_ 학교 다녀오겠습니다.

그런 통화를 매일 했다. 일요일과 공휴일을 빼곤 매일 학교에 갔다. 학교에서 아이들이나 선생들은 여러 가지를 서로 묻고 답했다. 아침에 만나면 오늘 날씨 좋지, 하고 물었다. 나는 뭐라고 대답할지 몰라서 잠깐 멍해졌다. 해가 난다고 좋은 날씨인가. 어제 만난 아이가 오랜만이네, 하고 말하기도 했다. 어제 봤잖아, 하면 예의상 한 말이라고 했다.

_ 니네 아버지는 무슨 일을 하시니.

아빠는 죽었다. 그렇게 대답하면 분위기가 어두워질 것 같아 미국에 있다고 했다.

_ 엄마가 해주는 음식 중에 뭐가 제일 좋아?

엄마의 음식 맛이 기억나지 않았다. 엄마는 호텔 요리사라 집에서는 음식을 안 해. 그렇게 말하면 아이들은 고개를 끄덕였다. 요리사라면 집에서까지 요리하기는 싫겠지.

나는 그렇게 대답하는 방식을 익혔다. 대답하지 않거나 모르겠다고 하기는 싫었다. 모르는 일에 대해서 그렇다고 수긍하기는 더 꺼려졌다.

_ 오늘 날씨 좋지.

_ 난 이런 날씨에 안 좋았던 기억이 있어. 런던으로 여행을 갔는데 아침에 꼭 이런 날씨였어. 런던은 우중충하잖아. 여행하고 처음으로 해가 나서 소풍을 가려고 했어. 도시락을 싸서 나가는데 비가 오기 시작하는 거야. 결국 여관방 안에서 도시락을 먹었어.

나는 런던에 가본 적이 없었다. 〈해리 포터〉 영화에서 본 런던은 우중충했다.

_ 런던에 여관이 있어?

_ 당연하지.

우선 그래놓고 나면 언제까지고 이야기를 만들어낼 수 있었다. 나중에 아이들이 나를 빙 둘러싸고 공개 비판을 열었다.

_ 넌 왜 뻔한 거짓말을 하지? 우리가 네 말을 다 믿을 거라고 생각하는 거니?

나는 내가 거짓말을 하는 이유에 대해서 거짓말을 했다.

일주일에 두 번, 체육시간이 있었다. 체육시간에는 피구를 했다. 나는 깍두기가 되는 게 좋았지만 반 인원은 짝수였다. 한 명이 수업에 빠져야 깍두기가 될 수 있었다. 그렇게 운이 좋은 날은 별로 없었다.

어느 날은 공에 등을 맞았다. 아웃당해 선 밖으로 나갔는데도 공이 계속 날아왔다. 안으로 계속 던져넣어도 공은 끊임없이 돌아왔다. 나는 선에서 조금씩 물러났다. 선에서 멀어지다보니 어느새 운동장에서 벗어나 있었다. 온몸이 멍투성이였다. 집에 가서 몸살을 앓았다.

그다음 날 아침에는 약기운에 취해 엄마의 전화를 받았다.

_ 일어났니.

_ 학교 다녀오겠습니다.

전화를 끊고 다시 잠을 잤다.

아빠는 살아 있는 동안 관을 만들어 팔아서 먹고살았다. 나는 아빠 밑에서 먹고살았다. 할아버지는 목수였다. 아빠는 할아버지에게 장 짜는 법을 배웠다. 아버지가 컸을 땐 여자들이 시집갈 때 오동나무장을 해가지 않았다. 아빠가 관을 만들자 할아버지는 연을 끊자 했다. 아빠는 할아버지에게 절연당했다. 아빠와 엄마는 쫓겨났다. 엄마는 부른 배를 안고 할아버지 집에서 나왔다. 들고 나올 거라고는 너밖에 없었다. 엄마는 그런 우스갯소리를 하며 웃었다.

몸살을 앓은 이후에 학교에 나가는 날보다 가게에 나가는 날이 많아졌다. 아빠가 없는데도 손님이 계속 찾아와서 하는 수 없이 관을 만들었다. 만들다보니 재미가 있어 아침부터 밤까지 가게 일을 했다. 나무 냄새가 좋았다.

손님이 오면 티백 녹차를 내놨다. 손님들은 차를 홀짝이며 내 걱정을 해주다가 자기 걱정을 털어놓고 갔다. 손님들이 가고 나면 가게 안이 적막해졌다. 종이컵이 식어 있었다. 차가 말라붙은 종이컵을 탁자에서 치우지 않았다. 해가 저물면 빗자루로 바닥을 쓸고 빈 종이컵을 모아 한꺼번에 버렸다.

버릴 종이컵이 없는 날도 있었다. 그런 날에는 시장에 갔다. 할머니들이 바닥에 앉아서 떨이 야채를 팔았다.

_ 할마시, 오늘은 뭐가 남았어요?

_ 콩나물.

_ 그럼 오늘 저녁은 콩나물국.

천원을 내면 할머니는 허리춤에 돈을 넣고 비닐봉지를 건네줬다. 나는 나물이 든 봉지를 들고 라면상자 속 강아지를 구경하거나 군것질을 하다 집으로 돌아왔다. 하루는 오만원을 주고 하얀 강아지를 한 마리 샀다.

강아지는 보름도 못 가 죽었다. 약값이 많이 들었다. 세 살배기가 들어가는 관에 강아지를 넣었는데도 자리가 너무 많이 남았다. 관은 빈자리가 많을수록 컴컴해 보인다. 강아지 관을 짜고 있는데 손님이 들어왔다. 어머니 관을 찾으러 온 사람이었다. 작은 관을 만드는 걸 본 손님이 묻기에 강아지 것이라 했더니 자기에게도 하나 만들어 팔라고 했다. 어머니가 돌아가신 지 삼 일 만에 십 년을 기른 개가 죽었다고 했다.

거절할 수가 없어 만들어주었더니 소문이 나서 그런 손님이 자꾸 찾아왔다. 손님을 돌려보낼 수가 없어 만들어달라는 대로 만들었더니 또 소문이 났다. 고양이나 개가 들어갈 관을 만드는 시간이 사람을 위한 관을 만드는 시간보다 길어졌다.

물고기 관을 주문받은 적도 있었다. 물고기 관까지는, 하고 거절했지만 유일한 식구였다며 부탁하는 바람에 만들고 말았다. 전문 낚시꾼이 잡았다면 낚시잡지에 실릴 만큼 큰 물고기여서 관 짜기가 특별히 어렵지는 않았다.

아나콘다 관은 거절했다. 그렇게 긴 관은 가게 안에 놓을 수도

28

없어요. 아나콘다의 주인은 부호였다. 그는 달마시안 가죽으로 만든 외투를 입고 있었다. 아나콘다 주인은 아나콘다 관이 들어갈 만한 가게를 사주겠다고 했다. 나는 고개를 저었다. 그는 가게에서 나가 리무진에 올라탔다. 차 안으로 들어가는 순간 그가 줄어들었다. 나는 가게 문을 닫고 시장에 갔다. 그날 저녁은 시래깃국이었다.

_ 사슴 귀엽네.

남자애들은 사슴을 보고 환호했다. 사슴이 당근을 잘 받아먹자 사슴 머리를 쓰다듬으며 웃었다. 건강했다. 남자애들의 머리칼은 갈색이었다. 강한 햇빛을 받은 정수리가 옅은 갈색으로 빛났다.

_ 귀엽네.

_ 귀엽긴.

우리는 펜스 밖으로 나갔다. 드라큘라는 손에 사슴 침이 묻었다며 얼굴을 찡그렸다. 내 손에는 주홍이 묻어 있었다.

_ 손 씻으러 가요.

드라큘라는 남자 화장실로 들어갔다.

화장실에서 나와보니 드라큘라가 사라지고 없었다. 밖에서 기다리고 있을 줄 알았는데. 지나가다 만난 사이니 이렇게 헤어질 수도 있겠지. 그래도 인사는 하고 가야 하지 않나. 화가 나버렸다. 나는 출구 쪽으로 발걸음을 옮겼다.

_ 이봐, 어디 가.

드라큘라가 부르는 소리가 들렸다. 그의 손에는 츄러스가 들려 있었다.

　_ 이제 배 꺼졌지?

　_ 안 먹어요.

　_ 왜 삐졌어?

　_ 안 삐졌어요.

　_ 근데 이거 내 건데. 먹고 싶어?

　_ 안 먹어요.

　_ 안 먹는다 그랬다? 먹지 마.

드라큘라는 츄러스를 한입 베어물었다. 츄러스가 너무 맛있어
보였다.

　_ 먹고 싶어?

나는 힘차게 고개를 끄덕였다.

　_ 안 먹는다며?

　_ 됐어요. 먹는 거 가지고 치사하게.

　_ 알았어. 자, 네 거야.

드라큘라가 츄러스를 내밀었다. 츄러스가 맛있어서 기분이 좋
아졌다. 동물원 지도를 보니 근처에 야행관이 있었다. 야행관에
는 부엉이와 박쥐가 있었다.

　_ 박쥐 보러 갈까요?

　_ 햇빛이 아까우니 걷자.

그래서 우리는 그냥 걸었다. 햇빛이 부드러웠다.

영화에서 본 드라큘라는 햇빛을 받으면 타 죽었다.

_ 마늘 먹을 줄 알아요?

_ 돈 떨어지면 마늘 까.

_ 햇빛은 괜찮아요?

_ 오늘은 괜찮아. 일 년에 하루는 낮에 돌아다닐 수 있어.

_ 보통 땐 관에만 있어요?

_ 낮에 보통은.

_ 갑갑하겠다.

_ 십오 년 넘게 관에서 나오지 않은 적도 있는데 뭐.

_ 언제요?

드라큘라는 미라가 떠난 뒤 관에 들어갔다고 했다.

_ 용케 살았네요.

_ 깊은 잠을 잤지.

_ 어떻게 나왔나요?

_ 관이 부서졌어. 1945년에. 사람들이 사당 안까지 들어와 춤을 췄어. 사당은 위패도 없이 비어 있어서 폐가 취급을 받았었거든. 관이 쪼개지는 소리에 깨어났어. 산도적 같은 남자들이 덩실거리고 있었어. 가장 덩치 큰 사내가 넘어져 있었어. 흥에 겨워 관에 올라섰다가 관이 부서지는 바람에 나동그라진 거지.

사당 밖에서는 함성소리가 들렸어. 밖은 들뜬 분위기였어. 사람들은 만세를 외쳤어. 그 속에서 나는 가슴이 뜨거워져서 함께 만세를 불렀지. 어두워지고 사람들이 흩어지고 나니 갈 데가 없었어. 일하던 요정을 기웃거리는데 아는 사람이 없었어. 심부름을 하는 어린 여자애를 붙잡아 물어보니 주인은 그대로래. 주인을 불러달래서 만났지.

어르신, 부르니까 깜짝 놀라. 살아 있었냐, 죽은 줄만 알았다, 그러시더군. 숨만 붙어 있었습니다. 그랬더니 반갑다며 얼싸안았어.

_ 그래서 거기서 살게 됐나요.

_ 아니, 그대로 나왔어. 자고 가라고 했지만 해가 뜨기 전에 떠나야 했지. 주인 어르신은 연화에게 가보라고 했어. 그쪽이 형편이 더 낫다면서. 연화는 요정에서 제일 잘나가는 기녀였어. 내가 그애의 가마를 졌었지.

밤새 걸었어. 동이 틀까봐 무서웠어. 소 한 마리를 잡아먹고 달렸어. 밤이 깊어질수록 빨라졌지. 연화의 집은 밖에서 보기에도 연화가 사는 곳 같았어. 화려하지는 않지만 아름답고 단단했지. 이름을 불러볼까 하다가 담을 넘었어. 담을 세 개를 넘어야 했어. 연화의 방은 집 안 가장 깊숙한 곳에 있었어.

동이 언제 틀지 몰라 마음이 급해서 방문부터 열었어. 어떻게 깨워야 하나 걱정했는데 연화는 일어나 있었어. 꼿꼿이 허리를 펴고 앉아서 참빗으로 머리를 빗고 있었어. 희미한 어둠 속에서 연화의 머리카락은 검은 강물 같았어.

_ 연화야.

내가 부르니 연화는 나를 가만히 바라보다가는 머리를 마저 빗고 참빗을 옥상자에 넣었어. 연화가 일어설 때까지 나는 방 안으로 들어가지 못했지. 문지방 앞으로 다가선 연화와 얼굴을 마주했어. 세월이 흐른 만큼 늙었더라. 그 세월만큼 아름다워지기도 했고.

_ 연화야.

불렀어. 연화는 내 뺨을 세게 때렸어. 그애는 예전부터 손이 매
웠어. 눈물이 핑 도는데 갑자기 서러워졌어. 연화는 통곡을 하는
나를 방 안으로 끌어당겼어. 한참 울고 나니 너무 창피해서 가겠
다고 일어섰어. 얼굴이나 보러 왔다고 둘러대면서.

_ 사랑하는 사이였나요.

_ 친구였어.

_ 남녀 사이에 친구가 어딨어.

_ 믿거나 말거나. 우리는 남매 같았어.

_ 가겠다고 하니 그러라고 하던가요.

_ 한 대 더 맞았어. 성깔이 옛날과 같은 것도 좋고 옛날과 같이
아름다운 것도 좋아서 웃어버렸어. 내가 귀신이 됐다, 연화야. 그
렇게 말하니 연화도 웃었어. 나는 연화의 장 속에 들어가서 잠을
잤어. 너무 피곤했어.

_ 동화 같은 이야기네.

_ 그런가.

_ 동화 같은 결말이면 좋을걸. 두 사람은 영원히 행복하게 살았
습니다.

_ 그러게. 하지만 난 귀신이고 연화는 마녀였어. 동화라면 우리
는 더 비참했을 거야. 동화는 교훈을 좋아하니까. 연화는 고리대
금업을 하고 있었어. 처음에는 요정에 드나드는 장사꾼들을 상대
로 하다가 요정에서 나오고 나서는 판을 크게 벌인 모양이야.

연화는 쌀장사도 하고 있었어. 낮이고 밤이고 귀신같이 일했

어. 서로 눈이 벌겋다고 놀리기도 했지. 난 낮에는 장에 들어가서 자고 밤에는 배를 채우러 다녔어. 연화 집을 털러 온 도둑을 잡는 날도 많았어. 연화는 마녀라고 소문이 자자했는데, 내가 오고부터 소문이 더 심해졌어. 연화가 문 밖을 나가면 사람 잡아먹는 마녀라고 조그만 녀석들이 돌을 던지기도 했어. 연화는 눈 하나 깜짝 안 했어. 신음을 내는 대신 농담을 했어. 가끔 달이 턱없이 밝은 날에는 금琴을 탔어.

　_ 금을 잘 타는 기생이었나.

　_ 전혀. 연화는 재주가 없었어. 특히 손으로 하는 건 다 못했어. 힘만 셌지. 노래는 들어줄 만했지만. 나는 연화가 서툴게 금 잡는 소리를 들으면서 술을 마셨어. 타지도 못하는 금은 관두고 잠이나 자라고 핀잔을 주다가 쫓겨나면 서고로 갔어. 서고는 금고 옆에 있었어.

　_ 금고가 방이었나요.

　_ 그 집에서 제일 큰 방이었지. 서고는 그다음으로 큰 방이었고. 책으로 가득 차 있었는데, 내가 읽을 만한 책은 거의 없었어. 나중에는 좋아하게 됐지만 미친 사람이 쓴 것 같은 이야기들도 있었고, 이상한 글자로 쓰인 책들도 있었어. 기술서가 많았는데 내가 이해하기에는 어려웠어. 난 숫자라면 머리에 쥐가 났거든. 난 주로 연화가 들여놓기만 하고 안 읽은 새 책을 읽었어. 연화는 긴 글 읽는 걸 싫어했거든. 이야기라면 쓸모없다고 질색했고. 그 애는 정확하고 단순한 걸 좋아했어. 군더더기가 없는 성미였지.

　안 좋은 일이 있는 날에는 서고에 틀어박혀서 숫자와 씨름을 했어. 한참을 그러고 나면 편안한 얼굴이 돼서 잠이 들었지. 나는 그애를 이부자리로 옮겨놓고 장으로 들어가고는 했어. 그애는 왜 잠든 걸 깨우지 않았냐고 화를 냈지.

한번은 연화의 집에 아는 사람이 왔어. 밤중이어서 볼 수 있었지. 연화가 대하는 걸 보고서야 그놈을 알아봤어. 소문은 들은 적이 있었어. 싸우는 사람이 됐다고 했지. 옛날엔 한량 중의 한량이었는데 늙수그레한 도적같이 변했더군. 그놈은 하룻밤을 묵고 갔어. 아직 어두운 이른 새벽에 연화가 내준 돈을 들고 집에서 나갔어.

싸움이 끝났다고 들었는데. 연화가 돈을 주면서 한 말은 그것밖에 없었어. 그놈이 가고 나서 연화는 장 안으로 들어왔어. 끝날 것 같지 않은 긴 밤이었어.

그놈은 몇 번 더 찾아왔고, 연화는 해가 갈수록 악착스러워졌어. 난 매일같이 죄를 지었어. 연화가 서툴게 금을 타는 밤에만 내가 죽었다는 걸 잊을 수 있었어. 우리는 서로를 미워하게 됐어. 연화는 막무가내로 나를 몰아붙이다 제풀에 무너지고는 했어. 목을 들이밀고는 애원을 했어. 그럼 나는 미친 듯이 화가 났다가도 그애가 불쌍해졌어. 그래서 항상 싸움에서 지는 것은 내 쪽이었어.

연화와 헤어지고 나서는 전쟁터를 떠돌아다녔어. 배고플 날이 없었어.

_그분을 떠났어요?

_ 잃어버렸어. 전쟁이 끝나고 나서는 먹을 게 부족해졌어. 그 때 난 정말 귀신이었거든. 허기를 채우는 데만 매달렸어. 도시는

황량했어. 밤에만 봐서 더 그랬는지도 모르지. 그때 기억이 잘 안 나. 없었던 시간 같아. 그때를 떠올리면 그냥 허무해져. 허무했어.

나는 기지개를 폈다.

_ 지루해?

_ 아니, 그냥 옛날이야기를 들으면 나른해져서.

_ 옛날인가.

_ 내가 태어나기 전은 다 옛날 같아.

우리는 지루한 김에 게임이나 하기로 했다. 몸을 움직이기도 머리를 쓰기도 귀찮아서 가위바위보를 했다. 한 판마다 이기는 사람이 지는 사람 손목을 때리기로 했다. 그리고 다섯 판을 하되 그중에 몇 번을 이겼든 마지막 판을 이기는 사람이 무조건 최종 승자가 되는 걸로 정했다.

_ 지는 사람이 이기는 사람 소원 들어주기예요.

_ 그래. 소원 들어주기.

가위바위보.

드라큘라는 가위를 냈다. 나는 보를 냈다. 드라큘라의 손은 매웠다. 내 손목에 그의 손자국이 났다. 드라큘라는 네 번 연속 가위를 냈다. 나는 계속 주먹을 냈다. 내가 세 판을 이겼다. 드라큘라의 새하얀 손목이 부어올랐다.

마지막 판. 마지막 판에 승부를 걸 생각으로 가위만 냈겠지. 나는 드라큘라의 속셈을 짚어봤다. 그는 내가 주먹을 낼 거라고 생각하고 보를 낼지도 모른다.

보를 이기는 것은 가위.

가위바위보.

나는 가위를 냈다. 그도 가위를 냈다.

_ 비겼네.

그는 싱긋 웃었다.

_ 에이 싱거워.

_ 싱겁다, 싱거워.

_ 어떤 소원 생각했어요?

_ 하루 종일 같이 있어줘.

손목이 화끈거렸다. 드라큘라의 손이 매웠다.

_ 네 소원은?

_ 같은 거.

우리는 비긴 김에 서로의 소원을 들어주기로 했다.

3 . 삼분카레

진술은 중단됐다. 경찰이 뜨거운 커피를 가져왔다.

_ 그래서 드라큘라와 하루 종일 있었다?

_ 네.

_ 가위바위보에 비겨서요?

_ 네.

_ 드라큘라는 지금 어디에 있는데요?

_ 모르겠어요.

_ 드라큘라가 코끼리를 죽였다고 생각해요?

_ 아마도요.

나는 우선 풀려났다. 곧 다시 소환할 예정이라고 했다. 경찰서 밖으로 나가니 민구가 기다리고 있었다.

_ 우리 집으로 가자.

민구의 차는 빨간색 트럭이었다. 처음 보는 차였다.

_ 얼마나 됐어?

차를 손가락으로 두드리며 물었다. 일 년 정도. 일 년. 우리가 만나지 않은 지 그렇게 오래됐던가? 새삼 날짜를 헤아렸다. 차문을 열자 비린내가 풍겼다. 좁은 뒷좌석에 우비를 입은 사람이 앉아 있었다. 얼굴은 후드에 가려 있었고 덩치가 크지 않았다. 생선 장수라도 납치했나?

_ 누구야?

_ 미라래.

민구가 한숨을 쉬며 차에 탔다. 시동 거는 소리를 들으니 나른해지면서 피로가 몰려왔다. 눈을 감았지만 잠은 오지 않았다. 민구를 처음 봤을 때는 그애가 바보인 줄 알았다. 민구는 죽은 새끼 고양이를 안고 가게에 찾아왔다. 나는 죽은 동물을 안고 온 바보를 어떻게 내쫓아야 할지 몰라 난감해졌다. 여름이었다. 민구의 하얀 피케셔츠가 햇빛에 빛났다.

_ 고양이가 죽었어요. 굶어 죽은 것 같아요.

_ 그런데요?

_ 여기 동물보호소 아닌가요?

_ 아닌데요.

난 가게에 진열되어 있는 관을 보여주고, 간판을 가리켜 보였다. 마리의 관. 가게 이름이다.

_ 죄송합니다. 사람들이 자주 동물을 데리고 들어가기에 동물보호소인 줄 알았어요.

_ 일종의 보호소이긴 하죠.

사람들은 죽은 애완동물의 관을 주문하면서 위안을 받았다. 조금은 특별하게 장례를 치르면서 자신의 사랑을 확인했다. 사람들은 그런 식으로 스스로를 보호하고 있었다.

민구는 말없이 나를 바라봤다. 나는 이해받기를 기대하지 않았다.

_ 그쪽부터 보호를 받아야 할 것 같은데요.

내가 한 말이었던가. 아니면 민구가 나에게. 기억이 흐릿하다. 민구는 상처투성이였다. 민구는 조련사였다. 동물들이랑 지내다 보면 상처가 나는 일이 많다고 했다. 그러고는 웃었다. 그 미소는 그을린 피부, 주근깨, 곱슬머리, 피케셔츠와 한 세트처럼 어울렸다. 나는 민구세트가 좋았다. 순박하고 장난기가 가득했다.

민구는 길거리에 죽어 있는 동물을 그냥 지나치지 못했다. 어릴 땐 버려진 동물도 그냥 지나치지 못했다고 한다. 떠돌이 개나 도둑고양이를 집에 데려갔다가 엄마에게 두드려맞는 게 일상이었다고 했다. 그날 민구가 나를 집으로 데려갔던 것은 어릴 때의 버릇이 남아서였을까.

민구의 집은 예전 그 자리에 있었다. 초원아파트 3동. 먼저 내린 민구가 뒷좌석에 있던 사람을 두 팔로 안았다. 차 문 좀 닫아줄래. 민구가 걸어가기 시작하자 우비 소매에서 팔목이 나와서 흔들렸다. 피칠이 된 손목이었다. 삼층을 걸어 올라갔다. 피냄새가 역겨워서 민구를 앞질렀다. 지갑에 아직 열쇠가 들어 있다. 현관문을 여니 익숙한 냄새가 났다. 민구 냄새다. 동물 냄새지만 늑대 우리에서 나는 악취와는 다르다. 긴장이 풀어졌다.

민구는 미라를 안고 욕실로 들어갔다. 물소리가 들렸고, 잠시 후에 커다란 수건을 몸에 두른 여자가 욕실에서 나왔다. 긴 머리에서 물방울이 떨어졌다. 노란 머리였다. 외국인으로 보이지는 않았다.

_ 물 한 잔만 줘.

여자가 부엌에 서서 나를 보고 말했다. 냉장고에 물 있어요. 컵이 어딨는지 몰라. 나는 억지로 소파에서 일어나 여자에게 물을 따라줬다. 컵이 있는 찬장 뒤쪽에는 크리스털 잔 두 개가 나란히 있었다. 민구가 아끼는 잔이다. 특별한 날이면 꼭 꺼내서 함께 건배를 했다. 일 년 전 오늘도 그랬다. 그 잔에 크랜베리주스를 따라 마셨다. 민구의 생일이었다.

_ 예쁘다.

여자가 불쑥 위로 손을 뻗어 찬장에서 컵들을 꺼냈다. 여자는 컵으로 저글링을 했다. 유리잔 세 개와 크리스털 잔 두 개가 공중에서 돌았다.

_ 조심해요. 그 컵 비싼 거예요.

여자가 정지했다. 그녀의 시간만 멈춘 것 같았다. 회전하고 있던 잔들이 바닥으로 떨어져내렸다. 요란하게 잔 부서지는 소리가 났다. 그녀는 깨진 컵들을 내려다보고는 어깨를 으쓱해 보이더니 거실에 있는 소파에 앉았다. 걸어가는 그녀의 팔이 가볍게 흔들렸다. 그녀의 팔은 예뻤다. 너무 깨끗해서 상처를 내고 싶었다.

민구가 부엌으로 들어왔다.

_ 컵이 깨졌어.

_ 미안해.

민구가 유리조각을 치웠다. 깨진 크리스털 잔을 휴지통에 넣으면서 한 번 더 미안하다고 말했다. 민구는 미안하다는 말, 고맙다는 말이 헤펐다. 그날 평소처럼 미안하다고 해줬다면 우리는 헤어지지 않았을 텐데.

_ 넌 네가 하는 말들을 믿어?

민구가 마지막으로 했던 말이었다. 그때만큼은 말을 지어낼 수 없었다. 말문이 막혀버렸다.

내가 네 말을 믿을 것 같아?

사람들은 비난조로 묻고는 했다. 하지만 내게 나의 말들을 믿느냐고 물어본 사람은 없었다. 나조차도 생각해보지 않은 일이었다. 그러나 민구가 그렇게 물었을 때 그 말은 오래전부터 품고 있던 의문인 것처럼 여겨졌다.

나는 내가 하는 말들을 믿고 있나. 풀리지 않았다.

_ 쟨 누구야?

나는 소파에 드러누워 있는 여자를 가리키며 눈짓했다. 쭉 뻗은 다리가 늘씬했다. 민구가 난처해했다.

_ 내 애기하니?

여자는 어느새 내 옆에 있었다.

_ 마리 맞지?

나는 여자에게서 고개를 돌리고 민구를 봤다.

_ 나도 이름밖에 못 들었어.

변명 같았다. 또 이름밖에 모르는 여자를 데려왔구나. 그러나 입 밖으로 꺼내지는 않았다. 상관없어. 그렇게 말했을 뿐이었다.

_ 네 얘기부터 듣자. 샬롬 일로 경찰서에 갔다고 들었어.

샬롬. 그게 코끼리의 이름이었던가. 경찰이 보여준 사진에서 코끼리는 옆으로 누워 있었다. 배가 길게 찢어져 있었다. 갈라진 배 부분만 따로 찍은 사진도 봤다. 경찰은 다른 사진들을 더 보겠냐고 물었다. 상관없어요. 그렇게 말했던 것 같다. 커피를 마시겠냐고 물었을 때나 내가 용의자인 것을 아냐고 물었을 때도 그렇게 말했다. 상관없어요. 경찰은 내 말을 따라 했다. 들어오다 그에게 부딪힌 동료가 미안하다고 했을 때였다. 경찰은 상관없어요, 하고 말했고 둘은 함께 웃었다. 상관없었다.

_ 들어가 있는 게 어때요? 옷도 입고. 방에 입을 옷 놔뒀어요.

민구가 미라에게 방을 가리켜 보였다. 민구가 자는 방이었다. 미라는 고개를 저었다.

_ 샬롬 얘기 듣고 싶어.

조르는 투는 아니었다. 미라는 민구에게 다가가 그의 목에 팔을 둘렀다.

_ 어제도 샬롬이랑 같이 네가 하는 얘기를 들었는데. 이제는 그거 못 하겠네.

민구는 미라의 팔을 밀어냈다. 나는 자리에서 일어날 뻔했다.

_ 무슨 일인지 모르겠어. 난 샬롬의 마지막도 못 봤어. 샬롬은 내 담당이었는데.

민구의 목소리가 떨렸다. 그의 손을 잡아주고 싶었다. 하지만 테이블 건너편에 앉아 있는 민구가 멀어 보였다. 손은 더 그랬다.

_ 나는 마지막까지 샬롬과 있었어.

미라는 민구 곁에 앉았다.

_ 어제는 마리와 숲에 갔던 이야기를 해줬잖아. 넌 마리와 숲에 갔어. 강이 흐르는 숲이었다고 했지. 마리는 바빠서 데이트할 시간이 별로 없었어. 숲에 간 게 첫 소풍이었어. 마리는 숲에 가서도 관 이야기를 했어. 나무를 보는 눈이 반짝거렸어. 숲에 있는 나무를 다 가져다가 관을 만들고 싶어하는 것 같았다고 했지. 벤치에 앉아서 깜빡 졸았는데 깨고 보니 혼자였어. 어둑해질 때까지 기다리다가 혼자 돌아갔는데 마리는 집에 있었어.

그랬다. 나는 그날 민구를 벤치에 두고 먼저 집으로 돌아왔다. 비둘기에게 쫓겨서였다. 벤치 주위에 비둘기가 모여들었다. 비둘기떼가 금방이라도 달려들 것 같았다. 나는 일어나서 뒷걸음질쳤다. 비둘기 몇 마리가 나를 쫓아왔다. 달리기 시작하자 비둘기들이 내가 달리는 방향으로 일제히 날아왔다. 달리다보니 내가 있는 곳이 어디인지 알 수 없어졌다. 벤치를 찾을 수 없었다. 나는 자주 길을 헤맸다.

미라는 이야기를 계속했다.

_ 마리는 그날도 거짓말을 했어. 자기는 원래 비둘기 여왕인데 비둘기가 싫어져서 사람이 됐다고 그랬어. 그런데 비둘기들은 계속 여왕을 따라다닌다고.

_ 하지 마.

민구가 미라의 말을 끊었다.

_ 어디서 엿들은 거야. 그 얘기는 샬롬 말고는 아무에게도 한 적 없는데.

_ 엿들은 거 아니야. 샬롬 뱃속에서 들었어.

_ 그만해. 네가 피노키오라도 돼?

_ 난 미라야.

_ 그럼 네가 샬롬을 그렇게 하기라도 했다는 거야?

_ 말했잖아. 샬롬이 갑자기 넘어졌고 뱃속이 식어갔어. 춥고 무서웠어. 겁이 나서 송곳니로 바닥을 긁었어. 샬롬의 배를 가른 건 나지만 아마 샬롬은 그전에.

_ 나가줘.

민구가 미라 곁에서 물러나면서 말했다. 그러나 민구는 미라를 내쫓지는 못했다. 미라는 민구의 옷을 입고 민구의 침대에서 잠이 들었다. 나는 자리에서 일어났다. 밤에 다시 와줘. 민구는 내가 일어서는 걸 보고 있다가 그렇게 말했다. 나는 가볍게 한 번 고개를 끄덕였다. 민구는 현관까지 나와 문을 열어줬다. 꼭 와야 해. 올게. 나는 계단을 내려왔다.

밤에 다시 가면 어디에 다녀왔냐고 물어보려나. 민구는 매일 늦게 들어가도 항상 나를 기다렸다. 내게 어디에 다녀왔냐고 물어보고는 그제야 잠이 들곤 했다. 나는 지구를 구하고 왔다고 얘기하거나 했다.

_ 어디에 다녀왔어?

_ 지구를 구하고 왔어. 우리 상가에 공용화장실이 있잖아. 오늘은 내가 화장실 청소 당번이었거든. 쓰레기통을 비우느라고 칸마다 들어갔어. 그래봐야 두 칸뿐이지만. 두번째 칸에 들어갔는데 변기 위에 뭐가 있었어. 음료수 캔이었는데 따지도 않은 새거였

어. 목이 말라서 음료수를 마셨어. 시원하고 달아서 단숨에 들이 켰어.

화장실 청소를 마저 하는데 이상하게 힘이 솟았어. 순식간에 청소를 끝냈어. 화장실에서 나오면서 거울을 보는데 내가 변해 있었어. 초록색 마스크에 쫄쫄이 옷을 입고 있더라고. 히어로 복 장이었어. 섹시하면서 웃긴 그런 복장 말이야. 나는 초록 마스크 히어로가 됐어.

손목에 찬 시계에서 경보가 울렸어. 난 지구 밖으로 날아갔어. 검은 악당이 거대한 망치를 들고 있었어. 망치로 지구를 부수기 직전이었어. 내가 나타나자 악당이 가소롭다는 듯 웃었어. 나는 악당과 싸웠어. 온갖 필살기를 동원한 끝에 망치를 빼앗아 부쉈 어. 망치를 부수니 악당도 부서졌어. 악당은 부서지면서 분하다 고 외쳤어.

그게 끝이야. 네가 지금 이렇게 멀쩡히 서 있는 건 내 덕이야. 지구를 구했더니 피곤하다. 나 잘게.

나는 집 밖을 어슬렁댔다. 머물 곳이 없었다. 하고 싶은 말은 쌓여갔지만 어디서부터 풀어야 할지를 알지 못했다. 해야 한다고 생각했던 말들은 막상 민구 얼굴 앞에서는 아무것도 아닌 것들이 되어 사라졌다.

민구는 히어로 시리즈에 화를 내지 않았다. 우리의 관계는 카 레 때문에 끝이 났다. 작년 민구의 생일에 나는 카레를 만들었다. '삼분카레'였다. 민구가 오기 전에 만들어두고서는 내가 직접 만 든 것이라고 생색을 냈다. 카레를 만든 과정을 세세하게 설명했

다. 감자가 다 익었을 때 카레가루를 넣었다는 대목에서 민구는
내 말을 끊었다.

　_ 넌 네가 하는 말들을 믿어?

　나는 그 길로 집에서 나왔다. 나중에 몇 번 민구를 만나기는 했
지만 나는 한마디도 하지 않았다.

　_ 내가 뭘 그렇게 잘못했어.

　민구가 끝내 화를 내며 울었을 때도 입을 다물고 있었다.

　가게에 가봐야 했다. 관을 찾으러 올 손님이 둘이나 있었다.

4. 금붕어광장

눈을 깜박였다. 드라큘라가 눈꺼풀에 붙어 있었다. 성가셔서
눈을 비볐더니 손에 옮겨 붙었다.

홍학사 앞에서 아이들에게 쫓겨 손을 잡고 달렸다.

사슴사 안에서 사료를 손에 쥐고 있지 말라고 손가락을 펴줬다.

가위바위보 내기에서 둘 다 가위를 내서 비겼다. 비긴 김에 서로
의 소원을 들어주기로 했다. 드라큘라는 약속을 지키지 않았다.

점심시간이 지나 있었다. 가게 가는 길에 샌드위치와 바나나우
유를 샀다. 가게에 거의 다 와서 할아버지를 봤다. 할아버지는 은
퇴한 우체국장이다. 사람들은 모두 그를 우체국장님이라 부른다.
매일 같은 시간에 나와 같은 자리에 앉아 있다. 같은 자리란 상가
입구 한켠이다. 상가 입구 한쪽에는 큰 나무가 한 그루 있다. 나무
밑에는 파라솔 달린 탁자와 플라스틱 의자 몇 개와 나무로 만든
의자가 하나 있다. 우체국장님은 그 나무의자에 앉는다. 의자 등

받이에는 어두운 녹색 톤으로 수를 놓은 쿠션이 달려 있다.

_ 안녕하세요.

인사를 하니 점심은 먹었어요, 하는 인사가 돌아왔다. 편의점 비닐봉지를 흔들어 보였다.

_ 그게 식사가 돼나.

_ 우체국장님은요.

우체국장님은 입맛이 없다고 했다. 나는 하얀색 플라스틱 의자에 앉아 샌드위치를 꺼냈다. 샌드위치는 두 조각이 포장되어 있었다. 우체국장님과 샌드위치를 나눠 먹었다.

우체국장님은 멋쟁이다. 취향이 좋다. 공작 깃털이 달린 모자를 쓰고 조끼까지 갖춰 양복을 입는다. 오래되어 보이지만 한눈에도 잘 만든 옷이라는 표가 난다. 모자 밑으로 나와 있는 백발 역시 멋있다. 단정한 얼굴이나 점잖은 말투나 다 신사다. 의자에는 별다른 장식이 없는 지팡이가 기대어져 있다.

_ 오늘은 가게 문을 늦게 열었네.

_ 경찰서에 다녀왔어요.

_ 웬일로 평범한 곳에 다녀왔군. 베르사유나 안드로메다가 아니라 경찰서라니. 경찰서엔 무슨 일로?

_ 코끼리가 죽었대요. 죽은 게 아니라 살해당했대요.

_ 근데 아가씨가 왜 경찰서에 갔어.

_ 그날 동물원에 있었거든요. 그러니까, 어제요.

_ 그래, 어제 보이지 않았지. 동물원에 갔었군. 코끼리를 왜.

_ 제가 죽인 건 아니에요.

_ 그럼 누가 그랬나.

_ 아마도 드라큘라가.

_ 이제야 아가씨답네. 드라큘라가 코끼리를 죽였다. 그렇구만.

_ 샌드위치는 입맛에 맞으세요?

_ 아주 맛있네. 이런 건 어디에서 파나.

편의점에서 산 거라고 말씀드리고 가게로 왔다.

손님을 기다리다가 공책을 폈다. 그리고 어제 일어난 일들을 적기 시작했다. 어쩌다 드라큘라를 만났는지, 드라큘라와 보낸 시간이 나에게 어떤 것이었는지, 어쩌다 코끼리 우리 안에 들어가게 된 것인지를.

과나코는 낙타과의 조용한 동물이었다. 우리는 함께 있자고 해놓고서 과나코처럼 조용해졌다. 과나코의 눈이 예뻤다. 짙은 눈화장을 한 것 같은 눈이었다. 집에 가서 스모키를 해볼까.

_ 과나코가 마음에 들어?

_ 충분히 봤어요. 이제 호랑이가 보고 싶은데.

호랑이를 찾아 언덕길을 올라갔다. 해가 뜨거워서 다리가 탈 것 같았다. 유모차 바퀴가 돌길을 구르는 소리에 고개를 들었다. 머리가 긴 여자애가 안쪽 허벅지가 드러나도록 무릎을 세우고 앉아 있었다. 비쩍 마른 다리였다.

라마는 노르스름한 갈색이었다. 머리 색깔과 같은 색 이파리를 주워먹고 있었다. 라마 우리 안에는 작은 집이 있었다. 그 집 지붕

위에는 작은 새가 앉아 있었다. 새의 눈이 검게 빛났다. 라마는 주둥이로 다리를 문질러 긁었다. 느긋한 표정을 보고 있으려니 긴장이 풀어졌다. 나는 하품을 했다. 하품이 전염되었는지 드라큘라도 하품을 했다.

호랑이는 찾지 못했다. 개미핥기나 볼까. 그러나 개미핥기도 보이지 않았다. 개미핥기를 보러 갔다가 마라만 봤다. 마라는 처음 보는 동물이었다. 다리가 길고 귀가 좀 짧은 토끼처럼 생겼다. 지나가는 사람들마다 토끼처럼 생겼는데 쥐네, 라며 지나갔다. 마라를 소개하는 안내판에 마라가 쥐의 한 종류라고 설명되어 있었다. 마라 한 마리가 유리창 앞에 떨어져 누워 있었다. 바싹 마른 다리가 부러진 가지 같았다. 더위에 지친 듯 눈을 감고 있었다. 다른 마라들은 모두 그늘 속에 있었다.

보고 싶었던 동물은 하나도 못 보고 돌아가는데 인공포육장이 나왔다. 태어난 지 오 일 된 버펄로 새끼가 마당에 나와 있었다. 동물원 유니폼인 녹색 피케셔츠를 입은 청년이 여자애 둘에게 버펄로가 태어난 지 오 일 됐다든가 하는 말들을 하고 있었다. 버펄로 새끼의 검은 코가 물기로 촉촉했다. 청년을 따라 아장아장 걸었다. 민구가 일하는 모습을 본 건 처음이었다.

포육장 맞은편에는 들소사가 있었다. 뿔이 큰 물소들이 있는 풍경은 르네상스 시대의 그림들 같았다. 소들은 들판에서 여유롭게 거닐고 있었다. 신화 속의 소들 같았다. 햇빛이 흔들리는 꼬리를 감쌌다. 은근한 불빛 같은 꼬리가 파리를 홰홰 쫓았다. 근처에서 까치 소리가 들렸다.

민구는 버펄로가 13kg으로 태어났다고 말했다. 태어났을 때 내 몸무게는 2.7kg이었다. 버펄로는 무겁구나. 민구의 말을 듣고 있는 여자애들도 비슷한 반응이었다. 민구는 13kg이면 오히려 적게 나가는 거라고 설명했다. 인공포육장은 약하게 태어난 새끼들이 있는 곳이다.

민구가 포육장 건물로 들어간 뒤에 포육장 가까이로 갔다. 포육장 마당을 돌아 뒤편으로 가니 어린 사슴들이 보였다. 까맣고 동그란 눈들이 가만히 나를 바라보았다. 목이나 다리나 어디나 가느다래서 가련해 보였다. 검은 머리를 단정하게 틀어올린 어린 발레리나들 같았다.

_ 왜 그렇게 말이 없어.

_ 졸려서요. 그쪽은요.

_ 나야말로 졸려서. 밤낮이 바뀌어서.

오후 네시가 넘어 있었다. 평소라면 자고 있을 시간이겠구나. 포육장에서 벗어나면서 그쪽이 뭐냐고 뒤늦게 면박을 당했다. 포육장에서 멀어지니 상쾌해졌다. 버펄로는 태어나면서부터 13kg이라니 대단하다고 방정을 떨었다.

_ 코끼리는 100kg으로 태어나.

드라큘라는 13kg이 대수냐는 듯 말했다. 100kg의 무게를 가지고 태어난다니, 그 무게가 가늠되지 않았다. 코끼리는 100kg을 품고 있다가 낳을 수 있는 동물이구나. 그 정도로 거대해 보이진 않았는데.

_ 아까 그 코끼리는 3,600kg이야.

놀랐다. 1톤의 세 배가 넘는 무게라니.

_ 가죽 무게만 해도 엄청나겠네요.

_ 그렇겠지.

_ 무거워서 어떻게 걸치고 다니지.

_ 그래도 두께는 얇아. 보통 2cm가 조금 넘고, 두꺼워야 4cm 지. 의외로 부드럽기도 하고. 아까 본 코끼리는 암컷이라 무게가 적게 나가는 편이니 가죽도 두껍지 않을 거야. 수컷은 5,000kg이 넘으니까. 인도코끼리라 성질도 순한 편이야. 아프리카코끼리가 아니라 다행이지.

드라큘라는 아프리카코끼리였으면 부담이 클 뻔했다고 혼잣말을 했다.

_ 잘 아네요.

호기심을 누르고 그렇게 말했더니, 이 정도는 상식이야, 하며 둘러댔다.

걷기도 지쳐서 금붕어 광장으로 갔다. 커다란 연못이 있었다. 연못가에는 벤치와 돌길이 있었다. 돌길 앞에는 지압효과를 설명하는 안내판이 있었다.

발은 제2의 심장이라고 합니다. 발바닥에는 인체의 말초 신경이 모여 있어 발을 자극하면 아래와 같은 효과를 볼 수 있습니다.

● 성인병 예방에 좋습니다.

● 뇌의 회전을 원활하게 하고 눈을 맑고 싱싱하게 합니다.

● 내장과 관절을 튼튼하게 유지할 수 있습니다.

● 장기 기능을 활성화시켜 신진대사를 왕성하게 합니다.

● 인체에 활력을 불어넣어 자연치유력을 강화시킵니다.

● 혈액순환이 촉진되며 빠른 피로 회복을 가져다줍니다.

_ 해볼까.

드라큘라는 시큰둥했다. 그는 내 앞에 서 있었다.

_ 안 할 거예요?

_ 해서 뭐해.

_ 거기 다 써 있잖아요. 돌길 밟아본 적 있어요?

_ 아니. 없어.

나는 신발을 벗고 그의 앞에 섰다.

_ 그럼 내가 먼저.

돌길 위에 발을 올리려는데 그가 내 어깨를 양손으로 붙잡았다.

_ 새치기 하지 마.

드라큘라는 나를 원래 위치로 돌려놓고 신발을 벗었다. 드라큘라의 양말은 보라색이었다. 드라큘라 망토의 안쪽과 같은 색이었다.

드라큘라는 빠른 걸음으로 돌길을 걸어갔다. 돌아오는 그의 얼굴이 하얗게 질려 있었다.

_ 아파요?

웃음을 참지 못해서 말이 웃음에 먹혔다.

_ 하나도.

드라큘라는 돌길을 끝까지 걷고 내려와서는 무표정한 얼굴로 말했다.

_ 너도 얼른 해.

_ 안 할래요.

_ 하고 싶다며.

_ 내가 언제요.

드라큘라는 내 허리를 번쩍 안아 나를 돌길 위에 올려놓았다. 비명을 질러버렸다. 지압돌 위에는 나뭇가지와 낙엽이 떨어져 있었다. 지압돌은 단단했다. 발바닥이 아팠다. 돌아올 때가 더 아팠다. 나는 팔짝대면서 돌아왔다.

드라큘라는 만족스러운 얼굴로 벤치에 앉아 있었다. 보라색 양말에는 마른 잎들이 붙어 있었다. 그의 옆에 나란히 앉아서 발바닥을 털었다. 발바닥에 붙은 마른 잎이 의외로 쉽게 털렸다.

_ 심심하다. 이야기나 해줘.

_ 무슨 이야기요.

_ 첫사랑 이야기.

_ 내가 교생선생님도 아니고 첫사랑 이야기는 무슨.

거절했지만 그럼 첫 키스 이야기를 해달라고 막무가내로 조르는 통에 이야기를 시작했다.

내 첫사랑은 모기. 열대야였다. 온몸이 땀에 젖어 끈적거렸다.

살에 달라붙는 이불이 짜증스러워서 침대 밖으로 밀어냈다. 방 안에서는 선풍기 돌아가는 소리만 났다. 나는 꼼짝도 하기 싫어서 가만히 누워 있었다. 땀은 식지 않았다. 젖은 머리카락이 뺨에 들러붙었다. 머리카락을 떼야지 생각만 하면서 손가락도 까닥하지 않았다.

낮에 스피커를 끄고 본 포르노 때문에 머리가 어지러웠다. 같은 반 남자애들을 떠올렸다. 남녀공학 중학교에 다니고 있었다. 짓궂게 서로 장난은 쳐도 좋아하는 아이는 없었다. 친밀한 여자애들은 있었지만 모든 비밀을 나눌 정도는 아니었다. 선생님들은 불친절하거나 공평하게 친절했다.

나는 눈을 감고 있었다. 어두운 공간이 끝없이 확장되어가고 있었다. 그의 소리를 들은 것은 그때였다. 목소리가 아니라 날개 소리였다. 미성이라고는 할 수 없지만 상당히 귀에 파고드는 소리였다. 그의 소리는 대번에 나를 휘저어놓았다.

벌떡 일어나서 불을 켰다. 그가 보였다. 살충제를 뿌리고 다시 누웠다. 다시 어둠에 잠길 때쯤 그가 귓가에서 앵앵거렸다. 몇 번의 실랑이 끝에 나는 포기해버렸다. 다리와 팔이 가려웠다. 이만하면 충분하지 않나. 그는 배가 차지 않았는지 떠나지 않았다.

_ 피를 빠는 건 암모기만이라는 거 알아?
드라큘라가 내 얘기를 끊었다.
_ 설마.
_ 암모기는 자기 아이들을 먹이려고 피를 빨지.

_ 그럴 수가.

_ 상관없잖아.

상관없는 문제는 아니었지만 일단은 계속했다.

나를 원하고 있어. 어느 순간 그런 생각이 들었다. 모기는 순수하게 나를 원하는 유일한 존재였다. 그는 다음날 밤에도 왔다. 이번에는 다른 모기 몇을 데리고 왔다. 그는 비열했다. 다른 모기들은 그보다 경험이 적었다. 그는 어둠 속에서 내 피를 빨다가 불이 켜지면 숨었다. 다른 모기들은 숨는 데 서툴러서 금방 들켰다. 책에 맞거나 살충제에 절어 죽었다. 그는 재빨랐고 살충제에는 면역이 돼 있었다. 그는 매일 밤 와서 밤새 나에게 붙어 있다 갔다. 피를 빨지 않고 가는 날도 있었다. 여름이 지나자 오지 않았다.

_ 그게 끝이야?

_ 그런데요.

드라큘라는 똥 밟은 얼굴이 됐다.

_ 모기랑 같은 과라 그랬나.

_ 난 모기도 박쥐도 아니야.

_ 그쪽 얘기라고 안 그랬는데요.

_ 또 그쪽이란다.

_ 그럼 뭐라고 불러요. 어르신이라고 부를까요.

_ 부르지 마.

_ 삐치기는. 그럼 대신 코끼리 말 가르쳐줄게요.

나는 드라큘라에게 열일곱 개의 말을 가르쳐줬다. 안녕, 홀라, 헬로, 알로하, 오하이오, 니하오, 차오 안, 샬롬, 나마스테, 부에노스 디아스, 즈드라스트부이체, 도브리 덴, 사와디 크랍, 하바리 가니, 셀라마트 파기, 본 조르노, 세르부스. 드라큘라는 인사를 열일곱 번 했다.

_ 세르부스는 안 돼요. 그건 친한 사이에만 쓰는 인사예요.

다시 삐친 드라큘라를 겨우 달랬다. 이야기를 듣고 싶었다.

_ 전쟁이 끝나고 나서는 어떻게 살았어요. 내내 떠돌았나요.

드라큘라는 환선생을 만났다고 했다. 그는 환선생을 환생이라고 불렀다.

환생은 교수였다. 그는 어느 날 예쁜 사람을 만났다. 그는 그 사람의 이름이 미라인 줄로 알고 있었다.

환생의 방에는 책이 쌓여 있었다. 집 곳곳에 책과 복사물, 노트와 펜, 종이가 있었다. 강의를 나가는 학교 안에 있는 그의 방도 비슷했다. 환생은 미라를 만나기 전에는 책에만 묻혀 살았다.

미라는 귀엽고 멍청했다. 사람들은 귀엽고 멍청한 여자에게 잔인하게 굴고 쉽게 잊는다. 그날의 일이 아니었다면 환생도 그랬을 것이다.

환생의 방에 들어오는 사람들은 책에 대해 한마디라도 하고 갔다. 책을 만지거나 읽었다. 미라는 달랐다. 미라의 눈에는 책이 보이지 않는 것 같았다. 책을 빼면 그의 방은 빈방에 가까웠다. 환생은 미라에게 책을 읽게 하려고 애썼다. 하지만 그녀가 미소지으면 그의 굳은 마음은 녹아내렸다.

환생은 포기했다. 환생은 이름들을 가지고 말하는 사람이었다.

철학자와 작가와 학자의 이름들이 그의 강의의 대부분을 차지했다. 그의 강의는 자장가였다. 동료는 있었지만 친구는 없었다. 그는 친구 삼기에는 따분한 인간이었다.

환생은 처음에는 미라 앞에서 입을 잘 떼지 못했다. 무슨 말을 해야 할지 떠오르지 않았다. 이름들은 미라에게는 침묵처럼 받아들여지는 것 같았다. 환생은 다른 것들을 말하기 시작했다. 미라는 환생의 말을 잘 들어주었고, 더 많은 말들을 끌어냈다. 미라는 변덕스러워서 한 가지 화제가 너무 길어지면 참지 못했다. 환생은 지나간 것들보다 순간의 것들을 이야기하게 됐다. 미라의 만족을 얻으려면 다양하고 생생한 이야기를 해야 했다.

미라를 만나고 나서 환생의 강의는 인기 있어졌다. 그의 방에 학생들이 끊임없이 찾아왔다. 동료들은 술자리에 그를 빼놓지 않았다. 미라를 만날 시간이 부족해졌다. 미라는 삐치지 않았다. 서운할 정도로 환생을 풀어주었다. 환생은 서운하고 아쉬웠다. 그는 그녀와 헤어지겠다고 마음먹었다.

환생은 미라를 시내로 데려갔다. 가지고 싶은 것은 모두 사주겠다고 했다. 그런 후에 이별을 고할 생각이었다. 미라는 환생이 권하는 대로 옷이나 보석을 받았다. 미라의 태도가 심드렁해서 환생은 풀이 죽었다. 환생은 사야 할 책이 있었다. 시내를 떠나기 전에 마지막으로 서점에 들렀다. 환생은 미라가 서점이 따분하다고 소리를 지르지나 않을까 걱정이 돼서 서둘러 필요한 책만 집어들고 미라에게 돌아갔다.

미라는 책 한 권을 들고 있었다. 환생은 얼떨떨했다. 그 생소한

풍경이 그의 눈에 박혀버렸다. 그는 죽을 때까지 그 순간을 잊지
못했다.

_ 이거 사줘요.

환생은 미라가 건넨 책의 값을 치렀다.

미라는 그후로 환생이 서점에 갈 때마다 따라갔다. 곧 복사집
에도 같이 가게 됐다. 미라는 매번 책을 골라 들었다. 서점에 없는
책을 가져다달라고 하기도 했다. 환생은 미라가 사달라는 대로
책을 사줬다. 외국에 있는 책이라도 구할 수 있는 한 가져다줬다.

미라는 점점 더 많은 책을 요구했다. 환생은 사람들에게 늘 미라
를 자랑했었다. 그러나 언제부터인가 남들에게 미라 얘기를 하지
않게 됐다. 미라가 원하는 책의 양은 엄청났다. 환생은 미라가 책
을 읽는 모습은 보지 못했다. 미라는 영어와 불어, 독일어로 된 책
들도 가져갔다. 환생은 금지된 책들을 구하려 애썼다. 연구할 시간
도 강의 준비를 할 시간도 없어졌다. 책을 구하러 다니느라 강의에
나가지 않는 날도 있었다. 책값은 감당이 안 될 정도에 이르렀다.

사정을 아는 주변 사람들은 그를 말렸다. 그 책들을 다 읽을 리
가 없지 않나. 책들을 어디로 팔아넘기고 있을 거라고들 했다. 환
생도 의심으로 괴로운 밤이 있었다. 그러나 책을 달라고 할 때의
미라의 눈빛과 목소리가 그를 풀어지게 했다. 사람들은 충고하기
에 지쳐 그를 떠나갔다. 가진 돈이 전부 책값으로 새어나갔다. 그
에게는 미라밖에 남지 않게 되었다. 그리고 어느 날, 미라마저 사
라졌다.

미라는 실종되었다. 그는 미라를 찾아다녔다. 학교는 그만두었

는지 잘렸는지 정확하게 기억나지 않는다. 미라를 찾으러 다니면서 그는 자기가 그동안 얼마나 넋이 나가 있었는지 깨달았다. 미라의 집조차 그는 모르고 있었다.

환생은 백방으로 알아본 끝에 미라가 머물던 곳에 닿았다. 집이라고 부를 만한 곳이 아니었다. 황량하고 쓸쓸했다. 책으로 가득 찬 헛간이었다. 책으로 이루어진 우주 같았다. 환생은 그곳에 자리를 잡았다. 그는 책의 목록을 만드는 데 몰두했다. 드라큘라가 환생을 찾아갔을 때, 환생의 책장에는 두꺼운 노트 열 권이 꽂혀 있었다.

이야기는 중단됐다. 바람이 불어서 단풍잎이 떨어져내렸다. 바닥에 떨어지기 전에 낙엽을 잡으면 소원이 이루어진다던데. 일어나서 허공을 더듬었다. 잎이 잘 잡히지 않았다. 낙엽들이 눈앞에서 팔랑거렸다. 붉은 잎이었다. 잡힐 듯 말 듯해서 애가 탔다. 바람이 부는 방향으로 걸어갔다. 조심해. 뒤에서 드라큘라의 목소리가 들렸다. 잎이 아주 가까이에 있었다. 힘껏 손을 뻗자 잎이 잡혔다. 나는 뒤돌아섰다.

_노파심이에요, 어르신.

드라큘라가 달려왔다. 발 한쪽이 아래로 꺼지는 느낌이 들었을 땐 이미 물에 빠진 뒤였다. 발이 땅에 닿지 않았다. 물이 발목을 잡고 아래로 끌어당겼다. 조심하랬잖아! 드라큘라가 소리를 질렀다. 대꾸를 하려 입을 벌리자 물이 들어찼다. 앞으로 나아가려 팔을 저었지만 그럴수록 상황은 더 나빠졌다. 가만히 있어. 어느새 연못으로 들어온 드라큘라가 내 손을 잡으며 말했다. 마주 잡은 손에서 강한 악력이 느껴졌다. 손가락이 저렸다. 이럴 때는 손을 잡는 게 아니라고 말하고 싶었지만 입을 열 수가 없었다.

물에서 나오니 몸이 떨렸다. 먼저 물 밖으로 나온 내가 그를 건져냈다. 망토를 잡고 끌어당기느라 진이 빠졌다. 드라큘라는 물을 토했다.

_ 수영도 못하면서. 맥주병.

_ 까불지 마.

드라큘라가 콜록댔다.

_ 살았네요.

_ 살았네.

_ 살았다. 세르부스.

_ 친한 사이에만 하는 인사라며.

_ 생명의 은인이니까.

_ 은혜 갚아.

_ 내가 은인이죠. 갚아요 꼭.

_ 세르부스 하지 말자.

_ 그럼 즈드라스트부이체? 셀라마트 파기?

_ 어려워. 그냥 세르부스.

세르부스. 세르부스. 우리는 인사를 주고받았다. 붉은 잎들이 금붕어처럼 떠다녔다. 가을 연못은 잔잔했다. 드라큘라의 망토에서 빠져나온 물건을 돌려줄 타이밍을 놓쳤다. 그의 칼이 내 가방에 들어 있었다. 자루가 짧은 반달칼이었다.

5. 동물위령비

함께 언덕길을 걸었다.

_ 길 이름이 부엉이길이래요. 예쁘다.

_ 밤에 쓰는 길이군. 넌 이름이 뭐야?

_ 마러. 이름만 예쁘죠.

_ 아닌데. 이름도 예뻐.

내 이름이 불쑥 마음에 들었다. 날씨가 좋았다. 언덕이지만 가파르지는 않았다. 산책하기 좋은 길이었다. 길 양옆으로 나무가 울창했다.

언덕 위에는 작은 공원이 있었다. 나무 두 그루 사이로 커다란 비석이 보였다. 공원은 숲으로 둘러싸여 있어 가장자리가 어두웠다. 나무 두 그루 사이를 지나갔다. 비석이 서 있는 자리가 환했다. 잔디밭에 단풍잎이 잔뜩 깔려 있었다. 가을이 반짝거렸다. 사자도 호랑이도 포기해버렸다.

공원 한쪽에 있는 팔각정에는 두 무리가 앉아 있었다. 할머니들과 젊은 아기 엄마들이 팔각정을 반씩 차지하고 있었다. 아이 하나가 팔각정에서 내려와 돌아다녔다. 아기 엄마가 아이를 불렀다. 아이는 엄마에게 돌아갔다.

비석 뒤쪽으론 산이 있었다. 여유롭고 아늑했다. 잔디밭에 누웠다. 하늘이 둥글고 컸다. 드라큘라는 눕지 않고 비석 앞으로 갔다. 나도 따라 비석 가까이 갔다.

비석에는 여섯 글자의 한자가 새겨져 있었다.

動物慰靈碑文

_ 동물문.
읽을 수 있는 것만 골라 읽었다.
_ 동물위령비문.
드라큘라가 한심하다는 투로 글자를 읽었다.
_ 역시 옛날 사람이네요.
그렇게 말하자 상식이라면서 투덜거렸다. 나는 눈으로 위령비문을 읽었다.

動物慰靈碑文

날짐승 길짐승 세상의 온갖 生靈들이여!

품성은 서로 다르나

살고자 바라는 性情은 본시 하나이거니
어찌 그 생명 귀하다 아니하랴

천 리 넓은 땅 만 리 높은 하늘을
펄펄 뛰고 훨훨 활개치련만

어이 갇힌 몸으로 생을 다하여
누리 순리를 일러주나니
고맙기 그지없어라
희생이 달가우랴 사람을 원망치 않고
하늘 뜻을 따랐으니 갸륵하고나

아아 넋들이여…… 이에 비를 세워
너희를 달래노니
오늘 세상은 천국에서 누리거라
가련한 넋들이여!

_ 공원이 아니라 묘지였네요.
_ 비석만 있으니 묘지는 아니지.
_ 공동묘지 같아서. 다 어디에 있을까요.
_ 태워서 재가 됐을 텐데. 어디에 있든.
  아빠도 지금은 재다. 엄마는 관장이가 자기 관 하나 없이 갔다
고 가끔 중얼거렸다. 엄마는 곡도 그렇게 했었다.

집에서 기르던 동물의 관을 주문하러 오는 사람들이 떠올랐다. 가격이 크기에 비례하는 건 아니어서, 동물의 관 값은 사람의 관 값과 큰 차이가 없다. 부담스러운 가격이다. 나는 매번 관이 꼭 필요하겠냐고 물었다. 어떤 사람들은 돌아갔지만 대부분은 얼굴이 굳은 채로 꼭 필요하다며 돈을 줬다. 손님들은 슬퍼하고 그리워했다. 나는 이제 관이 꼭 필요하겠냐고 묻지 않는다.

_ 누구를 위한 걸까요.

_ 모르지.

_ 소용 있는 일일까요.

_ 모르지.

_ 그렇게 오래 살았으면서.

_ 그러게. 오래 산 보람이 없네. 내 관이나 하나 해줘. 바꿀 때 됐어.

_ 내가 만든 관 비싸요.

드라큘라는 죽은 채로 산다. 비석의 글귀가 다시 보였다. 세상의 온갖 생령들이여. 살아 있는 유령들에게 바치는 시. 관을 만들고 싶어졌다. 누구를 위한 건지는 모르지만 좋은 관을 만들고 싶었다. 쓸모가 없다고 해도 할 수 없다.

바람이 찼다. 폐장 시간이 가까워지고 있었다.

_ 춥다. 이만 돌아가자.

_ 그래요.

_ 먼저 가. 나는 가봐야 할 곳이 있어서.

동물원 문 앞까지는 같이 갈 수 있을 줄 알았는데. 나는 그런 말도 꺼내지 못하고 어색하게 손을 흔들었다. 이제 어디로 갈까. 길을 걸으면서 지갑이 빌 때까지 돈을 썼다. 커피를 사마시고 고급 캐러멜을 사고 문방구에 들어가 공책을 고르고 빵집에서 하얀 올리브빵을 샀다. 날이 선선하고 맑은 금요일 저녁이었다. 비가 다시 올 기미는 없었다.

지하철역을 지나쳤다. 버스정류장 의자에 앉아 빵을 뜯어먹었다. 내가 사는 동네까지 가는 버스는 없었다. 정류장에 서 있던 사람들은 버스가 도착할 때마다 하나둘씩 사라졌다. 한 명이 사라지면 금방 새로운 사람이 또 나타났다. 중년의 아주머니와 젊은 남녀가 정류장 지붕 밑으로 들어왔다. 세 사람은 가족 같았다. 셋은 버스 안내판에 붙어서서 타야 할 버스가 몇 번인지 찾았다. 여자는 아주머니를 엄마라고 불렀다. 남자도 처음엔 아주머니의 아들처럼 보였다. 딱히 친해 보인다기보다 서로 편하게 대하는 듯했다. 엄마 매일 허리 아프잖아. 요즘은 좀 나아. 모녀는 그런 이야기들을 주고받았다. 남자는 지난번에 함께 본 뮤지컬 얘기를 꺼냈다. 세 사람이 기다리던 버스가 도착하자 아주머니 혼자 버스에 올랐다. 여자가 손을 흔들었다.

버스가 가고 나서 남은 두 사람은 팔짱을 꼈다. 장을 볼까, 저녁을 먹고 들어갈까. 그런 의논을 하면서 걸어갔다. 한 사람은 버스를 타고 집으로 돌아가고 나머지 둘은 배웅을 마쳤다. 그리고 이제 둘이서 저녁을 먹을 것이다. 그럼 나는 무엇을 하고 있는 걸까. 기다리고 있는 중인가. 버스를 기다리고 있다고 속일 수는 없다. 누군가를 기다리고 있는 중인가. 아마 그럴 것이다. 나는 민구에게 전화를 걸었다. 민구는 아직 퇴근하지 않았다고 했다. 나 지금 동물원 앞이야. 사무실로 가도 될까. 동물원 문이 닫혀 있을 거라며, 민구는 다른 문을 알려줬다. 통화가 끝나자마자 그 문의 비밀번호가 문자메시지로 들어왔다.

코끼리 우리는 컴컴했다. 가로등 불빛은 우리 안까지 닿지 않았다. 드라큘라는 우리 안에 있다가 나를 보고 다가왔다.

_ 가볼 곳이 있다면서요. 아직 있었네요.

_ 너는 왜 아직 안 가고 있어.

_ 만날 사람이 있어요.

_ 나랑 비슷하네.

_ 만났어요?

_ 아직. 이제 만나러 갈 거야. 오랫동안 못 봤더니 좀 떨리네.

드라큘라를 처음 만났을 때 그는 코끼리를 보고 있었다. 그는 나와 시간을 보냈다. 우리는 같이 걸었다. 그렇게 믿었다. 그가 문득 낯설었다. 나는 왜 여기에 있나. 그는 왜 여기에 있나.

_ 칼을 잃어버렸어.

드라큘라가 내 가방을 쳐다보았다.

_ 한번 잃어버린 건 찾을 수 없어요. 잊어버려요.

_ 넌 아무것도 몰라.

그는 고통스러워 보였다.

_ 그래요. 나는 아무것도 몰라요. 기다리는 사람에게나 가봐요.

_ 그 사람은 갇혀 있어.

_ 어디에요.

_ 코끼리 뱃속에.

미라는 코끼리 뱃속에 있다. 나는 드라큘라에게서 도망쳤다.

경찰이 찾아온 것은 다음날 아침이었다. 나는 잠들지 못하고
있었다. 경찰은 코끼리 사진과 CCTV를 보여줬다. 코끼리의 배가
길게 찢어져 있었다. CCTV 화면에 코끼리 우리 안에 있는 내가
잡혀 있었다.

_ 왜 이 시간에 여기에 있었죠.

_ 드라큘라가 코끼리를 죽이려는 걸 막으려고 했어요.

그렇게 진술이 시작됐다.

공책을 덮고 라디오를 켰다. 시그널 음악이 흘러나왔다. 오후
네시에 방송되는 프로그램이 막 시작되고 있었다. 디제이는 코끼
리 이야기로 오프닝을 시작했다.

_ 동물원에서 말하는 코끼리가 죽었다죠. 범인은 잡지 못했고
아직 조사중이라고 합니다. 코끼리의 상아와 가죽을 노린 범죄라
는 설이 유력한데요. 인간의 이기심을 다시 한번 생각하게 합니
다. 동물원 코끼리를 마지막으로 본 게 언제이신가요? 전 어렸을
때 소풍 가서 보고 못 본 것 같아요. 그때의 마음과 지금의 마음이
참 많이 달라진 것 같은데, 청취자 여러분은 어떠신가요? 이기심
때문에 타인에게 상처를 입히고 있지는 않나요? 오늘은 다른 사
람을 위해 무언가를 해보는 거 어때요.

손님이 와서 라디오를 껐다. 수다스러운 손님이었다. 그녀는 멋진 캐멀색 코트에 부츠를 신고 있었다. 머리는 짧게 치고 입술에는 붉은색 립스틱을 발랐다. 스카프가 세련돼 보였다.

그녀가 지난번에 처음 찾아왔을 때 나는 그녀 인생의 반을 들어야 했었다.

그녀는 도시에서 가장 큰 약국집의 막내딸이었다. 예쁨을 받고 곱게 자라다가 파리의 미술대학으로 유학을 갔다. 파리는 살기 힘든 곳이었다. 그녀는 프랑스인 교수들과 잘 지내지 못했다. 교수가 예쁜 일본 유학생과 그녀를 차별했다고 했다. 그녀는 도자기를 빚는 수업에서 교수에게 나쁜 평가를 받았다. 그녀는 화가 치밀어올라 교수의 등에 흙덩이를 던졌다. 그녀는 퇴학당했다.

그녀는 파리에 완전히 정이 떨어져서 멕시코로 갔다. 그녀가 만든 장식품이 히트를 쳐서 큰돈을 벌어 옷가게를 냈다. 멕시코 정부는 어느 날 이민자들의 가게를 빼앗았다. 세금을 빌미로 삼았다고 했다. 세금이 문제가 아니라 이민자들의 가게가 너무 잘 돼는 것이 문제였다며 그녀는 웃었다.

그녀는 하루아침에 전 재산을 잃었지만 다시 일어났다.

_ 그게 다 하나님의 은혜지. 교회에서 기도를 하니 하나님이 응답을 주셨어. 난 항상 하나님이랑 대화를 해. 난 하나님한테 응석도 부리고 화도 내.

그녀는 외국에서 오래 살아서 친구가 없다고 했다. 그녀의 가게에서 일하는 직원들이나 그녀의 집에서 일하는 가정부들은 멍청하고 순종적이어서 부리기가 좋다고 했다. 그녀는 멕시코에서 삼백

명을 전도해, 교회에 '전도의 여왕'이라는 현수막이 붙었다고 했다.

전도의 여왕에게 지난번에 다 못 들은 인생의 나머지 반을 듣고 나니 몹시 지쳤다. 전도의 여왕은 다시 멕시코로 돌아갈 예정이라고 했다.

_ 남편은 나를 참 귀여워해줘.

전도의 여왕은 지난번에도 남편 자랑을 늘어놨다. 그녀의 남편은 배우처럼 잘생기고 옷을 젊게 입고 자상하고 유머 넘치는 남자다. 그녀는 남편의 관 값을 지불하고 가게를 나갔다.

오기로 했던 손님들은 다 다녀갔다. 가게 문을 닫고 마트에 갔다. 마트에서 미역과 케이크를 샀다. 초는 열 개를 달라고 해서 챙겼다. 큰 초 두 개와 작은 초 여덟 개였다. 민구는 가게에 갔다가 다시 와달라고 신신당부를 했다. 마트에서 나가니 건너편에 바가 보였다. 건물 맨 위에 'Bar'라는 글자가 파란색으로 빛나고 있었다. 길을 건너서 바로 들어갔다.

바에 앉아서 버드와이저 한 병을 주문했다. 초저녁이어서 손님이 없었다. 금목걸이를 한 아저씨가 병을 따줬다. 병을 따주는 손가락에 굵은 금반지가 끼워져 있었다. 그는 나에게 몇 가지를 물어봤다. 학생인지, 어디에 사는지, 뭐 그런 것이었다. 그러고는 일해볼 생각이 있으면 연락하라며 가게 명함을 줬다. 민구의 집에 가기도 싫고 해서 하루 일해보기로 했다.

탈의실에서 옷을 갈아입었다. 탈의실은 부엌과 붙어 있었다. 탈의실 창문이 열려 있어서 부엌이 바로 들여다보였다. 가게 유니폼은 원피스였다. 가슴이 깊게 파이고 몸에 달라붙었다. 배가 안 나온 게 다행이었다.

언니들도 들어와서 옷을 갈아입었다. 옷을 갈아입은 언니들은 담배를 피웠다. 오늘 나오지 않은 한 언니 얘기를 하면서 부엌 쪽을 쳐다보았다. 손님이 던진 재떨이에 맞아서 머리가 찢어졌다고 했다. 그걸로 뭘 일주일씩이나 쉰다니. 그러게, 그런 걸로 빠지면 우리는 뭐. 그만둔다고도 하던데. 그래서 쟤를?

나는 언니들을 따라 나갔다. 머리가 긴 언니가 간단하게 가게 안내를 해줬다. 날이 어둑해지자 손님들이 조금씩 들어왔다. 언니들은 나를 처음 온 애라고 손님들에게 소개시켰다. 잘 부탁드려요. 나는 빳빳하게 웃었다.

일을 하다보니 우리 가게 일과 비슷했다. 손님의 얘기를 들어주면 됐다. 손님들은 축구나 사업, 여자 이야기를 했다. 첫번째로 혼자 맡은 손님은 비즈니스맨이었다. 비즈니스맨은 청년 둘과 같이 왔다. 대학강사와 피디라고 했다.

비즈니스맨은 배불뚝이였다. 술 자랑과 여자 이야기와 사업 이야기를 했는데, 대학강사는 들어주는 쪽이었고 피디는 졸고 있었다. 비즈니스맨은 자기계발서를 하나 썼는데, 오늘 책이 나왔다. 잘 팔릴 것 같네요. 비즈니스맨과 대학강사와 나는 베스트셀러에 대해 이야기했다. 그것은 비즈니스 이야기이기도 했다. 대형 출판사와 비즈니스에는 금방 흥미가 떨어져서 여자 이야기를 했다.

비즈니스맨은 신축 아파트의 18층에 살면서 7층 여자와 24층 여자를 동시에 만났었다고 한다. 그때가 그의 인생에서 가장 행복한 순간이었다고 비즈니스맨은 진지하게 말했다.

다음 손님은 샘이었다. 삼 년 전 이맘때에 처음 이 바에 왔다는 그는 바에서 샘으로 통했다. 『이상한 나라의 앨리스』에 나오는 고양이가 체셔 고양이이던가. 체셔 고양이를 닮은 그는 〈천공의 성 라퓨타〉를 좋아한다고 했다. 그에게 위스키 탄 맥주를 열 잔 정도 건네는 동안 많은 이야기를 했다. 미야자키 하야오에 대해 떠들다가 살해사건에 대해 말했다. 나도 조금은 술에 취해 있었다.

_ 사람들은 결국 자신이 현실이라고 믿는 것을 현실이라고 여기며 살아가는 것 아닌가요.

엄밀히 말하면 살해사건 같은 것은 없다고, 판타스틱과 리얼의 경계를 짓지 않기를 원한다고 내가 말하자, 샘은

_ 넌 나도 지금 이 순간도 환상이라고 생각하는 것 같은데,

라고 말하며 체셔 고양이 같은 눈으로 나를 똑바로 바라보았다.

체셔는 예전에 선생님이었다고 했다. 학원에서 윤리를 가르쳤다고 한다. 그때는 고등학생이었던 애들이 지금은 커서 살기가 힘들다고 투정을 부리기도 한다고 했다. 나도 그의 학생들처럼 물었다.

_ 살아보시니 어때요. 세상 살아볼 만한가요. 살아볼 만한 세상인가요.

그는 살아볼 만하다는 말은 너무 건방진 말이라 했다.

_ 지금은 무슨 일을 하세요.

_ 지금은 여기에 있지.

나는 체셔와 악수를 하고 헤어졌다.

열한시에 바에서 나왔다. 민구의 집은 버스로 이십 분 거리였다.

나는 걸어가기로 했다. 낮에는 따뜻했는데 밤이 되니 추웠다. 늦가을 날씨는 변덕스럽다. 환절기였다. 케이크를 든 손이 시렸다.

다음날 아침 뉴스에 말하는 코끼리가 나왔다. 코끼리의 유력한 살해 용의자를 조사중이라는 뉴스였다. 텔레비전에 내가 나왔다. 그다음은 시사 프로그램 피디가 소환됐다는 소식이었다. 코끼리 뉴스가 머릿속에서 끝없이 되풀이돼서 다른 뉴스는 잘 들어오지 않았다.

그주의 주말 저녁에는 신문을 사와서 읽었다. 민구는 경찰서에 있었다. 기사는 동행범이 있을 가능성이 크다면서 민구를 지목하고 있었다. 동물원 직원, 계획적인 범죄, 밀수, 동거남 그런 단어들이 어지러웠다.

인터넷 기사는 거짓말에 포커스가 맞춰져 있었다. 사람들은 수사에 혼란을 줄 의도인가 정신병인가 하는 논란을 벌이고 있었다. 허언증이 검색어로 올라갔다. 내 얼굴이 돌아다녔다. 하루 만에 내가 나온 학교와 살고 있는 곳, 하는 일과 가게가 인터넷상으로 퍼져나갔다. 나는 컴퓨터를 끄고 텔레비전을 켰다.

코미디 프로그램이 방영될 시간이었다. 그전 주까지 하던 코너가 나오지 않았다. 코너가 끝난다는 예고는 없었다. 코미디언 두 명이 나와 만담을 하는 코너였다. 지난번에는 정치를 비판하는 만담을 했었다. 정치인 이름이 하나 실명으로 등장했었고, 별로 재미있지는 않았지만 소리내어 웃기는 했던 것 같다.

코너 하나가 없어진 코미디 프로그램은 한 장면도 웃기지 않았다. 텔레비전을 껐다. 슬슬 시장이 노랗게 밝을 시간이었다. 밤의 시장은 낮보다 환하다. 나는 두부를 사러 나갔다.

두부를 사서 돌아오는 길에 드라큘라를 만났다. 거의 일주일
만이었다. 드라큘라와 놀이터에 갔다. 그네에 앉았다. 참거짓 게
임을 했다.

_ 오늘은 기분이 좋아요.

_ 거짓.

그리고 몇 가지를 더 했다. 드라큘라는 모두 맞혔다. 참거짓 게
임의 기본 문제를 빼먹어서 조금 더 하기로 했다.

_ 나는 거짓말을 해본 적이 없어요.

_ 거짓.

_ 나는 거짓말을 좋아해요.

_ 거짓.

_ 나는 코끼리를 안 죽였어요.

_ 참.

드라큘라가 내가 앉은 그네의 그넷줄을 당겼다. 드라큘라의 그
네와 내 그네가 맞닿았다. 그와 눈이 마주쳤다. 그의 얼굴을 내내
피하고 있던 나는 눈을 감았다.

_ 보고 싶었어요.

_ 참.

_ 거짓.

_ 거짓.

_ 참.

시시한 게임이었다.

라면을 끓였다. 야참이었다. 밤이면 출출했다. 겨울이 다가오
고 있었다. 홍시를 먹는 계절이었다. 라면을 먹고 잤다. 늦잠을 잤
다. 줄넘기하는 꿈을 꿨다. 줄을 넘다가 화들짝 깨서 세수를 했다.
얼굴이 부어 있었다. 부은 얼굴로 미용실에 갔다. 단골 미용실이
었다. 미용실 언니는 기다리라며 잡지를 줬다. 파마를 하는 손님
이 있었다. 미용실 언니는 손님의 머리에 약을 바르고 있었다. 약
냄새가 났다. 냉녹차를 마시며 잡지를 봤다. 섹스칼럼을 읽었다.
칼럼이 재미있어서 칼럼니스트의 이름을 기억해뒀다. 패션화보
를 훑었다. 머리를 분홍색으로 염색하고 싶어졌다.

미용실 언니가 머리를 감겨줬다. 시원했다. 머리를 단발로 잘
랐다. 앞머리를 자를 땐 눈을 감고 있었다. 가위가 서걱거렸다.

_ 다음엔 삭발을 할까요.

농담을 했더니 미용실 언니는 질색을 했다.

가게에 가지 않고 땡땡이를 치기로 했다. 카페에 들어가 크림이 올라간 커피를 주문했다. 밤이 되려면 아직 멀었다. 심심했다. 지난밤에 꿨던 꿈이 생각났다.

나까지 해서 열 명의 아이가 줄을 넘고 있었다. 줄을 한 번 넘을 때마다 아이가 한 명씩 사라졌다. 폴짝. 첫번째 아이가 사라졌다. 폴짝. 두번째 아이가 사라졌다. 폴짝. 폴짝. 폴짝. 폴짝. 폴짝. 폴짝. 폴짝. 아홉번째 아이가 사라졌다. 나 혼자 남아서 줄을 넘었다. 어디선가 웃음소리가 들려왔다. 여러 명의 웃음소리가 커졌다 작아졌다 했다. 나는 어둠 속에서 줄넘기를 하고 있었다. 줄을 잡고 돌리는 사람은 보이지 않았다. 손도 보이지 않았다. 뒤늦게야 알아챘다. 줄을 돌리는 사람이 없는 건지 보이지 않는 건지 알 수 없었다. 나는 줄 밖으로 나가지 못했다. 지쳐서 그만두고 싶었다. 그러나 줄은 계속 돌아가고 있었다.

커피를 들고 거리를 걸었다. 광화문에서 영화를 봤다. 음식물 반입이 금지된 극장이었다. 상영관 안에는 사람이 별로 없었다. 팝콘을 가방 안에 숨겨두고 몰래 먹었다. 캐러멜 팝콘이었다. 팝콘 씹는 소리가 나서 조금 먹다 관뒀다. 영화는 괜찮았다. 크레디트가 올라가는 동안 팝콘을 먹었다. 엔딩 크레디트가 다 올라가고 난 뒤에야 불이 켜지는 극장이었다. 불이 켜지기 전에 벗어놨던 구두를 신었다. 발이 부어 있었다. 극장에서 나왔을 때는 기억나는 장면이 없었다. 엔딩 크레디트가 올라갈 때 흐르던 음악에 대한 인상만 남아 있었다.

서점에 들렀다. 그 자리에서 잠깐 읽기만 하려던 것이었는데 신간 한 권을 사들고 나왔다. 가방이 무거워졌다. 발이 아팠다. 집은 멀었다. 시청 앞에서 버스를 타려고 지하에서 나왔다. 어둑해져 있었다. 거리에는 전경차와 전경 들이 깔려 있었다. 제복을 입은 앳된 남자들이 열을 맞춰 앉아 있었다.

광장은 촛불을 든 사람들로 가득했다. 엄숙한 분위기는 아니었다. 초를 하나 받아들고 행진대열에 끼었다. 축제 같았다. 초저녁에는 길거리 공연을 자주 하는 밴드가 노래를 부르고 갔다고 했다.

사람들은 입을 모아 구호를 외쳤다. 앞쪽과 뒤쪽에서 선창이 들려왔다. 언론자유 보장하라. 물러가라. 반대. 입이 열리지 않았다. 나는 광장에서 빠져나왔다. 도로가 꽉 막혀 있어 지하철역으로 되돌아갔다. 역 부근에서 휠체어 탄 남자가 말을 걸었다. 정신지체장애인이었다. 택시비를 빌려달라고 했다. 얼마쯤이냐 물으니 만오천원이라고 했다. 지갑에는 만원이 있었다. 나는 만원을 줬다. 그리고 이내 후회했다. 그가 정말 택시비가 없는 것이길 바랐다. 전동휠체어는 빨랐다. 돌아봤을 때 그는 이미 사라지고 없었다. 나는 빈 지갑을 들고 집으로 향했다.

드라큘라가 시장 골목에 마중나와 있었다. 시장을 지나서 집으로 가는 길에 옛날과자가게에 발목을 잡혔다. 그 가게는 뻥튀기가 정말 맛있는 곳이다. 오늘은 센베이가 먹고 싶었다. 센베이가 들어 있는 봉지에는 '전병세트'라고 쓰여 있었다. 길이가 내 몸통만한데 이천원밖에 안 했다. 엿도 팔았다. 두 가지 엿이 있는데, 땅콩엿은 이천원이었다. 뻥튀기, 센베이에 땅콩엿까지 하면 오천원이다.

_ 센베이 사줘요.

_ 됐어.

_ 오빠. 센베이 사줘.

_ 오빠라고 하지 마. 남들이 보면 원조교제인 줄 알겠다.

_ 어려 보이니까 괜찮아요.

_ 나 말고 네가 나이 많은 쪽. 난 미성년자로 보이지.

_ 그 정도는 아니거든요. 이천원만 빌려줘요. 집에 가서 갚을
게요.

_ 오빠라고 부르면.

집에서 생강맛 막대센베이를 와그작대면서 먹었다. 김맛 막대
센베이도 먹었다. 드라큘라는 나에게 가루 떨어지니 쟁반 받치고
먹으라고 잔소리를 했다. 옷에 가루가 잔뜩 묻어서 드라큘라 몰
래 털어냈다.

내일은 검찰 쪽에서 의뢰한 정신과의사와 인터뷰를 할 거라고
했다. 먹다보니 과자를 반봉지나 먹었다. 나는 오이를 썰었다. 오
이 반개를 얇게 썰어서 작은 접시에 담았다. 오이를 얼굴에 붙이
고 반듯이 누웠다. 눈을 감고 눈두덩에도 붙였다. 눈이 시원했다.

드라큘라는 방바닥을 닦고 있었다. 다가오는 기척이 느껴졌다.
얼굴이 가까이 다가왔다.

_ 저리 가요.

입을 조금만 움직이면서 말했다. 드라큘라는 내 입술에 오이를

붙였다.

_ 오이 냄새를 좋아해서 그래.

나는 입술에서 오이를 떼어냈다.

_ 얼마만큼 좋아하는데요.

_ 좋아해.

_ 얼마만큼요.

_ 좋아.

볼에서 오이가 떨어졌다. 턱에서도 떨어졌다. 떨어진 김에 다 떼어냈다.

드라큘라는 아침이 되기 전에 관으로 들어갔다. 나는 드라큘라가 관으로 들어가는 것을 보고 잠이 들었다. 조금 늦게 일어나 가게로 나갔다. 가게 앞에서 기자들과 상가 사람들이 싸우고 있었다. 상가 사람들은 장사에 방해가 된다고 항의했지만 기자들은 물러가지 않았다. 저기 왔네. 어떻게 좀 해봐. 안 그래도 장사 안 되는데. 상가 사람 중 하나가 나를 발견하고 소리쳤다. 기자들이 몰려와 엉겨붙었다. 옴짝달싹 못하고 갇혀 있었다. 카메라 플래시가 터졌다. 나를 잡는 사람은 없었다. 잡는 사람도 없는데 움직일 수 없다는 게 무서웠다. 경찰이 왔다. 경찰 두 명이 기자들을 비집고 들어와서 내 양쪽에서 팔짱을 꼈다. 기자들이 따라왔다. 경찰차가 버스정류장까지 데려다줬다.

젊은 경찰이 운전을 했다. 눈이 날카롭고 키가 크고 말랐다. 보조석에 앉은 경찰은 인상 좋은 아저씨였다. 경찰 아저씨는 농담

80

을 섞어 충고했다.

_ 이런 때 혼자 돌아다니면 위험해요. 팁 알려줄게.

_ 팁이요?

_ 팁. 티아이피. 집에 가서 커튼 치고 불 끄고 꼼짝도 말아요.
전화도 받지 말고 걸지도 말아요. 며칠 동안은 집 앞 슈퍼도 가지
말아요. 무인도에 휴가 왔다 치고. 이거 비싼 팁인데 특별히 공짜
로 알려주는 거예요. 아무나 알려주는 게 아냐.

내가 웃자, 운전을 하던 젊은 경찰이 웃지 말라고 했다.

_ 웃어주면 버릇돼요. 냄새나는 농담 마세요.

_ 이 자식이 오냐오냐했더니 버릇이 없어. 우리 아들이거든.

내가 버스에 탈 때까지 경찰차는 떠나지 않았다. 나는 버스를
타고 병원으로 갔다.

정신과의사와 인터뷰를 했다. 여의사의 얼굴이 화사했다. 하얀
가운 안으로 분홍 카디건이 보였다. 의사는 날씨 이야기를 했다.
많이 추워졌죠. 나는 창밖을 보고 싶어졌다. 블라인드를 올리면
안 될까요. 의사는 안 된다고 했다. 촬영중이에요. 빛이 샐 수 있
어서.

카메라는 보이지 않았다. 의사는 묻고 나는 답을 했다. 의사는
내 말을 끊지 않고 귀 기울였다. 나는 말을 짧게 했다. 몇 번이나
했던 진술을 반복하려니 힘이 들었다.

_ 드라큘라가 코끼리를 죽였다고 생각하세요.

_ 아니요.

_ 아니라고요.

의사의 눈썹이 움찔했다.

_ 그럼 누가 코끼리를 죽였나요.

모를 일이었다. 미라가 코끼리 배를 갈랐다. 하지만 코끼리는 그전에 죽어 있었다. 나는 드라큘라가 코끼리를 죽이지 않았다고 확신할 수 없었다.

의사의 눈이 차가웠다. 의사가 다른 것들을 묻기 시작했다. 고등학교는 왜 도중에 그만두셨죠. 어머니와 헤어진 건 몇 살 때인가요. 어머니와 아버지가 왜 헤어졌는지 아세요. 나는 짧게 답했다. 목이 말라붙었다. 네 혹은 아니요. 단답형으로 대답할 수 없는 질문에는 침묵했다. 의사는 미소를 지었다. 그리고 이내 진지해졌다.

_ 이해합니다. 하지만 협조하지 않으면 불리해질 거예요.

나는 인터뷰가 끝날 때까지 입을 다물고 있었다. 의사는 테스트 용지를 줬다. 답을 체크해야 할 항목이 많았다.

_ 그만하면 안 될까요.

_ 꼭 필요한 절차라서.

검사는 오래 걸렸다. 아주 그렇다는 1번, 아주 그렇지 않다는 5번. 답하기 애매한 문제가 많았다. 답답했다. 어서 밤이 왔으면 했다. 체크를 하다 의사를 봤다. 피로해 보였다.

검사지를 넘겨주면서 의사에게 물었다.

_ 제가 미친 걸까요. 어떻게 생각하세요.

_ 오늘은 좀 우울하네요.

의사는 서랍에서 약을 꺼내 먹었다. 나는 비밀을 지키기로 했다.

인터뷰를 하고 이틀이 지났다. 토요일 밤이었다. 드라큘라는 외출했다. 나는 아직 미라를 봤다는 말을 하지 않았다. 방송국 피디들이 파업을 해서 주말 저녁인데도 볼 게 없었다. 시간을 맞춰서 텔레비전을 켰다. 프로그램이 시작됐다. 오늘은 허언증 특집이었다. 병적으로 거짓말을 하는 사람들 이야기가 나왔다. 자기가 만들어낸 환상의 세계에서 살고 있는 사람들이라고 했다. 그리고 말하는 코끼리가 나왔다. 코끼리 살해사건은 오늘 프로그램의 하이라이트였다. 의사와 인터뷰를 했던 방이 나왔다. 내 얼굴은 모자이크로 가려졌다.

화면 안에서 의사가 물었다.

_ 아버지가 많이 그리우세요.

_ 네.

그리웠다.

그만하면 안 될까요. 그 말이 바로 이어붙여져 있었다. 검사지를 받고 했던 말이었다. 말을 잇지 못하는, 하고 자막이 떴다. 의사가 차분한 어조로 내 상태에 대해 말했다. 아버지의 상실과 부모의 부재. 학교에서의 따돌림. 현실에서 도피하여. 소외감을 극복하지 못하고. 의사의 말이 끊겨서 들렸다. 자막은 다 읽기도 전에 다음으로 넘어갔다.

프로그램이 끝나고 엄마에게 전화를 걸었다. 안부부터 나눴다.

_ 내려가서 엄마랑 같이 살까.

_ 왜.

_ 그냥. 다 귀찮아져서.

_ 귀찮아서?

_ 응.

_ 그래. 내려와라.

_ 정말?

_ 올 때 내 관 짜가지고 와.

_ 그렇게 무거운 걸 짊어지고 어떻게 기차를 타.

관을 기차에 실을 생각을 하니 귀찮아져서 관뒀다.

밤새 드라큘라를 기다렸지만 그는 돌아오지 않았다. 잠깐 자다가 텔레비전을 들고 재활용센터에 갔다. 텔레비전이 낡았다고 받아주지 않았다. 돈을 주면 버려주겠다고 해서 되려 돈을 내고 왔다. 차라리 고물상에 가져다줄걸 싶었다.

어제 방송의 여파일까. 가게 앞에 또다시 기자들이 진을 치고 있었다. 들어가기가 힘들었다. 누군가 내 팔을 잡아챘다. 우체국장님이었다. 우체국장님은 지팡이를 휘두르면서 기자들을 쫓았다. 우체국장님이 언성을 높이는 건 처음 봤다. 우리는 가게로 들어갔다. 우체국장님의 얼굴이 벌겋게 달아올라 있었다.

_ 상가 사람들에게도 성가시게 굴었어. 인터뷰를 한답시고. 나한테도 왔었어.

_ 인터뷰요.

_ 아가씨가 어떤 사람인지 알려달라는 거였지.

_ 뭐라고 하셨어요.

_ 예쁜 아가씨라고 했지.

수줍어서 웃었다.

_ 사실은 그냥 모른다고 했어. 이제 어떻게 할 생각인가.

_ 일단 가게를 내놓으려고요.

_ 그렇게 됐군. 손이 고와지겠네.

내 손은 거칠고 흉터가 많았다. 손가락과 손바닥에는 굳은살이 박여 있었다. 나무를 닮은 손이라 마음에 들었다.

_ 가게 문을 닫아도 내 관은 해줘요.

_ 아직 멀었어요, 우체국장님.

우체국장님이 나가고 난 뒤 관을 주문했던 손님들에게 전화를 걸었다. 화를 내는 손님은 없었다. 그러나 모두 환불을 해달라고 했다. 환불을 해줄 계좌 목록을 작성했다. 환불을 끝내고 나니 남는 돈이 별로 없었다. 하필 목재소에 대금을 치르는 날이었다. 소나무만 아니라 질 좋은 옻나무도 받아놓은 뒤라 골치가 아팠다.

아이쇼핑을 하자. 커다란 쇼핑센터를 한 바퀴 돌았다. 명품매장 안 마네킹이 입고 있는 빨간 원피스가 예뻤다. 예쁜 원피스를 보니 들떠서 민구가 사는 동네까지 걸었다. 동네 대형 마트에 들어가 민구에게 전화를 했다.

나올래? 너희 집 근처인데. 민구는 뜸을 들이다가 거절했다. 민구는 거절에 소질이 없다. 지금 병원이라. 나는 어디가 아프냐고 물었다. 그냥 감기야. 민구는 잘 아프지 않았다. 건강해서 좋았다.

심해? 기침소리가 들렸다. 괜찮아. 그리고 잠시 조용해졌다가 다시 기침소리가 났다. 그런데 네가 내 걱정을 하니 이상하네. 목소리가 한층 낮아져 있었다. 무슨 뜻일까. 멍해졌다. 그런가, 중얼거렸더니 민구는 짧게 웃었다. 어쨌든 끊자. 전화가 끊어졌다. 목이 막혔다. 미안하다고 말할 수는 없다. 민구도 알 것이다. 민구는 나를 들여보낸 데 대해 책임을 지고 동물원에서 나왔다. 민구는 어디에 있든 잘 어울린다. 하지만 동물원만큼 그애와 잘 어울리는 곳은 없다. 어디에든 잘 어울리고 동물원에는 특히 더 잘 어울리는 민구가 좋았다. 나는 그애에게서 너무 많은 것을 빼앗았다.

마트에 간 김에 커튼을 샀다. 두꺼운 커튼을 사겠다고 벼르고 있던 중이었다. 겨울용 커튼이 많이 나와 있었다. 두 겹짜리 커튼 세트를 사느라 돈을 꽤 썼다. 커튼 봉이 포함되어 있었다. 집으로 배달받기로 하고 주문서를 가지고 나왔다. 커튼 코너 옆에는 십자수 코너가 있었다. 십자수가 들어간 쿠션이나 액자를 팔고 있었는데, 유명한 배우 얼굴을 수놓은 것도 있었다. 신데렐라도 있었다.

가정 실습시간에 십자수를 배웠다. 세 시간 동안 십자 열 개를 만들었다. 그 열 개도 모두 엉터리였다. 반에서 제일 낮은 점수를 받았다. 바느질은 잘하는 편이다. 하지만 십자수는 너무 어려웠다. 십자수 코너 벽에 걸린 작품들이 신기했다.

코너 가운데에는 탁자가 있었다. 여자들이 둘러앉아 십자수를 놓고 있었다. 여자들은 부지런히 손을 놀리면서 이야기를 나눴다. 젊은 아줌마 셋과 노부인 한 분이었다. 노부인은 빨간 원피스를 입고 있었다. 쇼핑센터에서 봤던 그 원피스였다. 노부인의 말투는 거칠었다. 손가락엔 비취가 박힌 금반지를 끼고 손목에는 금시계를 둘렀다. 노부인의 허리는 퉁퉁했다. 원피스를 갖고 싶던 마음이 사그라들었다. 커튼이면 된다. 애완동물 코너에서 예쁜 색깔의 물고기들을 구경했다.

어두워지기 전에 집으로 돌아왔다. 노을이 지고 있었다. 드라큘라의 낡은 나무관이 불그스름해졌다. 나무관을 두드려봤다. 화답이 돌아왔다.

_ 안 자고 있었어요?

_ 일찍 깼어. 지금 몇 시야?

_ 해가 넘어가고 있어.

_ 어디를 다녀왔어?

_ 그냥 좀. 어젯밤에는 어디를 다녀왔어요?

_ 나도 그냥 좀.

얄미워서 관을 두드렸다.

_ 똑똑.

_ 왜.

_ 똑똑.

_ 왜.

_ 똑똑똑.

_ 그만해.

_ 심심해. 옛날이야기 해줘요. 환생을 만나고 어떻게 됐어요?

_ 나는 환생의 도서관에서 머물게 됐어.

_ 도서관이요.

도서관. 환생을 찾아왔던 학생들이 드나들면서 조용히 소문이
퍼졌어. 너무 머리가 좋아 미쳐버린 교수가 평생을 모은 책을 쌓
아둔 골방에 틀어박혀 있다, 정부를 거스르는 글을 쓰다 잡혀가
서 두드려맞고 정신이상자가 됐다, 꽃뱀한테 물려 재산을 탕진하
고 책만 남았는데 그 유일한 재산을 잠도 안 자고 지킨다더라, 카
더라 카더라.

환생은 소문에도 드나드는 사람들에게도 신경쓰지 않았어. 너
무 떠들지만 않으면 괜찮았어. 목록을 읽어도 참견하지 않았어.
목록을 고치려 했다면 살인이 났겠지만. 다들 환생이 미쳤다고
생각해서 건드리지 않았어. 돌아버린 사람이 무슨 짓인들 못 하
겠냐는 거였지.

자료가 방대하고 희귀한 책들도 꽤 있어서 배운다는 사람들이
모여들었어. 죽치고 있어도 뭐라 하는 사람이 없으니 아예 거기서
먹고 자는 놈들도 있었어. 웃긴 놈들이 많았지. 나도 거기에 슬쩍
끼어들었던 거야. 그놈들은 그곳을 도서관이라고 부르고 있었어.

나는 독서클럽 멤버가 됐어. 이름이 독서클럽이지 밤새워 마시
고 헛소리를 지껄이는 게 일이었지. 그래도 재밌었어. 놀다가 구
석에 틀어박혀서 글을 쓰는 놈들도 있었어. 며칠 안 보이다가 시
니 소설이니 하는 잡문을 가져와 읽어대기도 했고. 자기가 쓴 기
사가 실린 신문을 가져와 찢어버리는 놈들도 있었어. 신문 찢은

걸 술잔에 넣고 마시면서 술맛이 좋다고 깔깔거리는 거야. 그러면 또 다들 미친놈 보라고 웃으면서 즐거워했어. 그러다 환생이 낯선 눈으로 돌아보면 쉬쉬하고. 그게 또 묘미였지.

독서클럽은 정규멤버랑 객원멤버가 섞여서 사람 수가 늘기도 하고 줄기도 했어. 정규멤버도 특별할 건 없고 그냥 매일 와서 죽치면 정규가 되는 식이었지. 나도 자연스레 정규멤버가 됐어. 꼴에 클럽이라고 룰도 있긴 있었어. 신분을 묻지 않을 것. 그거 하나였어. 그리고 말이 통해야 했지. 비공식적인 룰이었지만 그게 클럽의 구심점이 됐어.

나는 기회를 노렸어. 환생에게 미라에 대해 묻고 싶었어. 서두를 건 없었어. 결국 몇 년이 지나도록 환생과 한마디도 나눠보지 못했지.

하루는 사또랑 밤에 길을 걷다가 걸렸어. 통행금지에 걸렸어. 그땐 그런 게 있을 때였어. 사또는 독서클럽의 반정규멤버였어. 한번 나오기 시작하면 죽어라 죽치고 있다가는 또 한동안 안 보이고를 반복하는. 독서클럽에는 별별 인간이 다 있었는데 사또는 그중에서도 유독 별났어. 처음에는 상또라이라고 하다가 부르기 좋게 줄여서 사또라고 불렀지.

군인이 나랑 사또를 잡고 같이 가자고 했어. 반항을 했다가 깡패라고 찍혀서 이상한 곳으로 끌려갈까봐 얌전히 따라가려고 했지. 그런데 사또가 또 발동이 걸린 거야. 갑자기 심각한 표정을 하고서는 자기가 누군지 아냐고 목소리를 깔아. 그런 놈들이 많았는지 군인이 실실 웃으면서 누구냐고 묻더라. 근데 그때 사또가 마패를 꺼내들었어. 그러더니 암행어사 출두요, 하고 고래고래 소리를 질러. 술도 안 마시고 그런 짓을 하니 사또는 사또다 싶었지. 군인도 어이가 없었는지 가만 보고 있다가 사또 머리를 때렸어. 이거 또라이 아니야, 하는데, 내가 옆에서 또라이 맞으니 한 번만 봐달라고 하고 싶더군.

군인은 사또 머리를 잡더니 그 자리에서 싹둑 머리카락을 잘랐어. 장발이라면서. 그다음은 내 차례였지. 내 머리는 별로 길지도 않았어. 군인이 내 머리카락에 가위를 댔어. 막 자르더라고. 잘라도 잘라도 머리카락 길이가 줄어들지를 않으니까 잠시 멈췄어. 그리고 다시 싹둑 자르고 가만히 내 머리카락을 봤어. 금방 머리카락이 자라서 자르기 전 길이로 돌아갔지. 군인은 오기가 났는지 몇 번 더 반복을 했어. 하지만 아무리 잘라도 그대로였지.

군인은 가위를 떨어뜨리고 혼비백산 도망갔어. 사또도 옆에서 다 봤지. 내 정체가 뭐냐고 물었어. 난 네 정체가 더 궁금하다고 웃었어. 마패를 도대체 어디서 구한 거냐고. 결국은 내가 누군지 알려줬어. 사또는 말없이 길을 걷다가 망설이면서 말을 꺼냈어. 자기를 물어줄 수는 없냐고 하더군.

_ 산 귀신이 돼서 뭐하게.

_ 벌써 산 귀신이야.

_ 그럼 됐네. 더한 귀신이 돼서 뭐해.

_ 무서운 게 없어질 것 같아서.

_ 너도 무서운 게 있냐.

_ 무섭지 않은 게 없다.

그때 사또 부탁을 들어줄걸 그랬지. 얼마 후에 사또의 책이 도 서관으로 왔어. 도서관에 오던 사람들이 갑자기 사라지는 일이 종종 있었어. 단순히 발을 끊은 건지 잡혀간 건지 알 수가 없으니 남은 사람들은 불안했지. 어느 날 누군가가 장난삼아 제의를 했 었어. 잡혀가거나 실종되면 자기가 가지고 있는 모든 책을 도서 관으로 보내는 게 어떻겠냐고. 가장 믿을 만한 사람에게 그 부탁 을 해놓기로 하자는 거였어. 장난처럼 했던 말이었지만 다들 그 렇게 했던 것 같아. 아무도 모르게 사라져버리는 건 무서웠을 테 지. 가끔 그런 식으로 책이 기증됐었어. 하지만 사또까지 그랬을 줄은 몰랐어.

사또는 자기가 쓴 시집 한 권을 달랑 보냈어. 사또의 여동생이 시집을 가져왔어. 막내여동생이라는데 아주 어리고 똘망똘망했 어. 여동생은 시집만 주고 갔어. 우리는 둘러앉아서 사또의 시집 을 돌아가면서 읽었어. 한 편씩 골라서 낭송했지. 우스운 일이었 지만 그런 식으로라도 의식을 치르고 싶었던 거야. 그게 우리들 방식이었어.

시를 읽다가 사또 욕을 하다가 그랬어. 어느새 환생도 와서 앉 았어. 드문 일이었지. 환생은 아주 가끔 독서클럽에 끼었어. 우리 들끼리 말이 꼬여서 빠져나갈 데가 없게 됐을 때 환생이 한마디 던지면 꼬였던 게 풀려갔어.

그날 환생은 듣기만 했어. 의식이 끝나고 시집을 덮자 그 시집 을 가져가서 읽었어. 목록을 정리하던 책상에 앉아서였지. 환생 은 천천히 시를 읽었어. 중얼거리는 소리를 들으면서 술을 마셨어. 다음날 환생의 책상에는 사또의 시집이 놓여 있었어. 환생은 더이상 목록을 정리하지 않게 되었어.

사또가 없어진 후로 독서클럽의 멤버는 점점 줄어들었어. 한꺼번에 몇 명씩 사라지기도 했어. 기증받은 책들이 점점 늘어갔지. 나는 환생에게 기증서 목록을 작성할 생각이 없냐고 물어봤어. 그게 환생에게 했던 첫마디야. 환생에게 처음 말을 걸었던 거야.

드라큘라가 관에서 나왔다. 갑자기여서 놀랐다. 내가 놀라니까 드라큘라도 놀랐다.

_ 엄마야.

_ 어이쿠야.

나는 깔깔 웃었다. 할아버지 같아! 할아버지에게 옛날이야기를 더 해달라고 졸랐다.

_ 우체국장님한테 해달라고 해. 엄청 멋지다며.

_ 질투하긴.

_ 손안에 든 물고기지.

_ 풀어줘요.

_ 싫어.

드라큘라는 나가버렸다. 그리고 또 돌아오지 않았다.

다음날 낮에 드라큘라가 있는 방에 커튼을 쳤다. 커튼 봉을 올리려면 봉 받침을 벽에 달아야 했다. 망치를 들고 못질을 했다. 드라큘라가 들어온 기색은 있는데 못질에도 잔소리가 없어서 의아

했다. 관에서 자고 있는 게 아닌가. 의자를 밟고 올라가 한참이나 씨름을 했다. 설명서를 읽어도 어려웠다. 생각보다 오래 걸려서 초조해졌다. 해가 지기 전에 끝내야 하는데. 오후 세시가 넘어서야 커튼을 다 달았다. 11월에는 해가 짧다.

관 뚜껑을 열었다. 끼익 소리가 났다. 낡고 형편없는 관이었다. 칠이나 마감이나 전부 엉망이었다. 도대체 누가 만든 관이야. 양심도 없다. 드라큘라는 자고 있었다. 눈을 감고 있으니 어려 보이기만 했다. 눈만 늙었구나. 늙은 눈이 그리웠다.

망토를 들추고 손을 넣었다. 물건을 하나씩 꺼냈다. 피통조림 두 개, 콤팩트 디지털카메라, 말하는 코끼리에 대한 기사를 스크랩해둔 것, 노트북, 무지개색 양말, 아카시아나무 조각, 수첩과 볼펜, 칫솔과 치약, 구강청정제, 초콜릿, 선크림, 낙엽, 외계인 피겨, 립밤, 빈 위스키병.

드라큘라의 망토 안은 도라에몽 주머니였다. 아무리 그래도 선크림은 이해가 안 되었다.

망토 깊숙한 곳을 뒤졌다. 드라큘라는 가만히 있었다. 숨소리가 없으니 자고 있는 건지 아닌지 가늠이 안 됐다. 시체 같았다. 망토 가장 안쪽에는 은단이 있었다. 은단을 꺼내는데 서늘한 감촉이 느껴졌다. 손에 닿은 것을 조심스레 꺼냈다. 칼이었다. 칼에 손가락을 베었다. 칼에 벤 자리가 쓰라렸다.

물건들을 다시 제자리로 돌려놨다. 칼도 넣었다. 관을 닫고 커튼은 그대로 뒀다. 집안 청소를 했다. 책장에 있는 책을 가나다순으로 정리했다. 찬장에 있는 잔들을 전부 꺼내서 물에 씻었다. 속

옷과 양말을 색깔별로 정리했다. 드라큘라는 벌써 어두워졌는데도 관에서 나오지 않았다. 관이 있는 방이 열려 있었다. 그 방의 문을 닫았다. 내 방에 들어와 문을 닫고 서랍 정리를 했다. 두번째 서랍을 정리하는데 내 방 문이 열렸다.

_ 뭐해.

_ 청소.

돌아보지 못했다. 손이 떨렸다. 서랍에서 손을 떼지 않았다.

_ 웬일로 청소를 다 해.

_ 매일 하거든요.

_ 아까 내 방에 들어왔었어?

_ 왜요?

내 목소리가 침착했다. 아무렇지 않은 척 뒤돌아봤다.

_ 커튼이 달려 있길래.

_ 겨울이기도 하고 그래서.

_ 또 그런다. 나 때문에 그런 거면서.

_ '위해서' 그런 거죠. 관은.

칼은, 이라고 할 뻔했다. 피가 말랐다.

_ 관은 왜 그래요.

_ 관이 왜.

_ 어디서 그런 싸구려를 샀어요. 누구한테 얼마에 산 거예요.

_ 조립키트야. 내가 만들었어.

나는 드라큘라에게 새 관을 해주기로 다짐했다. 드라큘라가 나갈 채비를 했다.

_ 바쁘기도 하네요.

_ 해야 할 일이 있어서. 잘 자. 집에 있을 거지?

_ 그럼요. 밤에 어딜 나가.

빈집에 혼자 있을 수가 없어서 민구네로 갔다. 전화도 없이 갔
다. 민구의 집에 드라큘라가 있었다.

7. 드라큘라 드라이브

동물원은 하얀 코끼리를 선물받았다. 새로운 뉴스였다. 말하는 코끼리가 죽어서는 아니었다. 존은 여름에 이미 하얀 코끼리를 선물하겠다고 통보했었다. 존은 외국의 동물원 이름이자 동물원 소유주의 이름이다.

존과 동물원은 친밀한 관계를 오랫동안 유지해왔다. 존은 매년 동물원에 선물을 했다. 올해 존은 특별히 자신이 아끼던 하얀 코끼리를 보내왔다.

하얀 코끼리는 말하는 코끼리가 있던 우리에 들어갔다. 딱 알맞았다. 존과 동물원은 앞으로도 잘 지낼 수 있을 것이다. 존과 동물원 원장이 하얀 코끼리 앞에서 악수하는 사진이 신문에 크게 실렸다.

〈성자의 행진〉을 흥얼거렸다. 〈성자의 행진〉은 아메리칸 포크다. 플루트 듀엣집에 실려 있는 곡이다. 동네 플루트 학원에서 플루트를 배웠다. 도레미파솔라시도 소리를 낼 수 있게 되는 데 두

달이 넘게 걸렸다. 〈스와니 강〉〈켄터키 옛집〉〈애니 로리〉를 배우고 나서 〈성자의 행진〉을 했다. 잘하는구나. 전에 이 곡을 배워본 적이 있니. 플루트를 배우기 시작하고 처음 들어보는 칭찬이었다. 〈성자의 행진〉은 그때 처음 배운 노래였다.

〈성자의 행진〉을 연주할 때는 언제나 코끼리의 행진을 상상했다. 머리에 장식을 단 하얀 코끼리를 타고 군중 가운데를 지나가는 성자를 떠올리며 플루트를 불었다. 순결한 성자는 꽃을 던지며 환호를 보내는 구경꾼들에게 미소를 보낸다. 코끼리는 무겁게 걸어간다. 코끼리의 걸음 같은 박자였다. 시에 플랫이 달려 있었는데 실수도 하지 않았다.

아직도 〈성자의 행진〉은 익숙하게 연주할 수 있다. 뉴스를 보면서 콧노래를 불렀다.

사건은 종결되지 않았다. 인터넷에도 크고 작은 기사가 계속 뜨고 있었다. 가장 자극적인 기사의 헤드라인은 '코끼리 살해한 최마리, 동범과 다시 동거 들어가'였다.

범행은 치밀한 계획 아래 장기적으로 진행된 것으로 보인다. 최마리는 삼 년 전 동물원 직원인 박민구와 동거를 시작했다. 그러다 일 년 전 이 년간의 동거생활을 갑자기 정리했다. 그리고 일 년이 지난 지금 다시 동거하고 있다. 이 부자연스러운 일 년간의 공백은 범행을 위한 준비기간이라 추측되고 있다. 이들은 현재 수사중임에도 불구하고 다시 동거에 들어가는 대담함을 보이고 있다……

기사의 주 내용이었다. 민구와 나는 당분간 연락하지 않기로
했다. 일주일이 지났다. 말하는 코끼리는 잊혀져가고 있다.

_ 미라를 찾으러 왔대.

내가 들어갔을 때 민구가 말했다. 미라는 집에 없었다. 드라큘
라와 눈이 마주쳤다.

_ 왜 말하지 않았지.

드라큘라가 말했다. 내가 하고 싶은 말이었다. 나를 만나러 온
게 아니었다. 나와 있고 싶어서 머무른 게 아니었다. 그저 지나가
던 중이었다고 왜 미리 말해주지 않았을까. 두번째였다. 동물원
에서도 그랬다. 그가 하지 않았던 말 한마디가 우리가 나눴던 모
든 말들을 무의미하게 만들었다. 지나간 시간은 그대로 사라져버
렸다. 나는 너에게 무엇이었나.

민구를 내내 원망했다. 내가 했던 말들은 그냥 말이었다. 순간
순간 나오는 대로 흘려보냈던 무의미한 소리들이었다. 그때에 우
리는 서로가 필요했다. 나는 민구 곁에 있고 싶었다. 민구도 그랬
다. 말보다 더 분명한 것들이 있었다. 마주 보며 웃는 순간들은 진
짜였다. 그런 순간들을 내가 내뱉은 허황된 말들을 이유로 깨뜨
리려는 민구를 이해할 수 없었다. 말들을 무시하지 못하는 민구
를 경멸했다. 그러나 이제는 알 것 같았다.

_ 그렇게 보지 마.

드라큘라는 화를 누르는 목소리로 말했다. 내 쪽으로 걸어와
손에 칼을 쥐여주었다.

_ 경찰들이 찾아내면 곤란해질까봐 내가 갖고 있었어. 이제 너에게 줄게. 너는 나를 믿은 적이 한 번도 없었어.

싸늘한 손이 내 손을 눌렀다. 칼자루가 너무 차가워서 손이 시렸다. 민구가 내 손에서 칼을 가져갔다.

_ 미라는?

드라큘라가 민구에게 물었다.

_ 대답해야 하나요.

_ 같이 살고 있나.

민구는 칼을 탁자에 내려놨다. 드라큘라는 소파에 앉았다. 미라가 앉았던 자리였다.

_ 기다리지.

드라큘라가 텔레비전을 틀었다. 케이블 채널에서 왕가위 감독의 영화가 나왔다. 다른 채널에서는 이소룡이 나왔다. 민구가 리모컨을 가져갔다. 이소룡 영화 싫어. 내가 볼멘소리를 했다. 그래도 이건 〈취권〉이잖아. 민구는 양보하지 않았다. 드라큘라가 민구의 손에서 리모컨을 채갔다. 드라큘라도 왕가위를 좋아했다. 셋이 나란히 앉아서 왕가위 영화를 봤다. 드라큘라가 불편했다. 민구와도 서먹했다. 하지만 우리 집에는 텔레비전이 없다. 오늘은 왕가위 특집이라 밤새 왕가위 감독의 영화를 내보낸다고 했다. 텔레비전을 며칠만 늦게 치울걸. 그런 생각을 하면서 영화 한 편을 끝까지 봤다. 영화는 근사했다.

출출했다. 드라큘라가 편의점 상품권이 있다고 해서 나가기로 했다. 밖에는 비가 내리고 있었다. 비닐우산을 각각 하나씩 들고 갔다. 차가 많이 다녀서 시끄러웠다. 인도 바로 옆에 사차선 도로가 있었다. 점점 목소리가 커졌다. 아무것도 아닌 말들을 아주 큰 목소리로 주고받았다.

_ 왕발이네.

_ 유전이야.

_ 몇 살이에요?

_ 백 살 넘었어.

_ 옛날에도 짜장면 있었어요?

_ 자장면이야. 바뀐 거 몰라?

_ 둘 다 맞다던데.

셋 다 연극배우를 해도 될 정도의 발성이었다. 편의점에 들어갔을 때는 발이 다 젖어 있었다. 드라큘라의 모바일 상품권에는 돈이 별로 안 남아 있었다. 모자란 돈은 민구가 냈다. 나는 짐을 들었다. 드라큘라는 비 맞기가 싫다고 먼저 날아갔다. 민구와 나는 유전자 이야기를 했다. 좋은 유전자와 나쁜 유전자. 비가 거세져서 내가 하는 말도 잘 안 들렸다.

_ 집에 가면 목 쉬겠다.

_ 벌써 쉰 것 같은데.

그런 말을 하느라 목이 쉬었다. 감기 심해지는 거 아니야? 내가 물었다. 괜찮아. 민구가 내 귀에 대고 소리를 질렀다. 미안해. 민구가 허공에 대고 외쳤다. 네가 귀찮았어. 거짓말이 부담스러웠어. 미안해.

카레 사건이 있은 후 먼저 찾아간 것은 내 쪽이었다. 민구는 한

동안 나를 피했다. 나중에 민구가 나를 찾아왔을 때 나는 입을 다물어버렸다. 내가 뭘 그렇게 잘못했어. 민구가 화를 내며 물었을 때도 나는 아무 말도 하지 않았다. 모든 것을 민구 탓으로 돌리려 했다.

_ 내가 더 미안해.

_ 내가 더.

_ 내가 더.

_ 그럼 샘샘.

_ 그래 샘샘.

샘샘이었다. 집으로 돌아왔을 때는 둘 다 완전히 목이 쉬어 있었다.

달걀을 삶았다. 달걀이 익는 동안 소파에 앉아 있었다. 드라큘라는 피통조림에 빨대를 꽂아 마셨다. 민구가 옥수수통조림을 가져와서 숟가락으로 퍼먹었다. 민구는 '그린자이언트'만 고집한다. 성장기에는 한 박스씩 사다먹었다고 한다.

드라큘라가 망토에서 물건들을 꺼내 테이블 위에 늘어놓았다. 동물원 지도와 핫도그 포장종이, 커피용기 등이 수북했다. 커다란 쓰레기통도 망토에서 나왔다. 바닥 타일과 울타리도 있었다.

_ 다 존이야.

드라큘라 말대로였다. 모든 것에 존의 이름이 들어가 있었다. 드라큘라는 입맛을 다시면서 두번째 통조림을 땄다.

_ 네가 존에 대해 아는 건 없어?

드라큘라가 민구에게 물었다.

민구는 동물원이 존의 부속 동물원이나 다름없다고 했다. 동물원은 매 분기 존에게 사업 보고를 하고 투자를 받는다. 동물원은 존이 만든 물건들을 대량으로 사서 팔고 이윤의 얼마씩을 또 존에게 준다. 존의 영향력이 커서 동물원은 존의 눈치를 보고 있다. 민구가 존에 대해 알고 있는 건 그 정도였다. 코끼리에 관해서도 물어봤다.

민구는 존이 하얀 코끼리를 보내기로 했다는 것을 얼핏 들어 알고 있기는 했었다. 처음에는 이상하게 생각했지만 그후로 어떻게 됐는지 몰라서 그냥 넘겼다고 했다.

_ 뭐가 이상했는데?

_ 새로운 동물을 들여올 수 있는 상황이 아니었거든. 더군다나 코끼리 같은 대형 동물을. 동물원은 겨우 적자를 면하고 있어서, 동물을 줄일 방안까지 나왔었어. 코끼리는 하루에 먹는 양도 엄청나고 여러모로 유지비용이 많이 들어. 그리고 예민한 편이라 관리도 까다롭고. 그런데 선물로 코끼리를 보낸다니 이상하잖아. 존도 동물원 사정을 모르지는 않을 텐데. 또 존이 준다고 동물원이 그걸 받겠다고 했나 싶기도 했지. 받아서 어쩌려고.

여름방학이 끝날 무렵에 한번 나오고 말았던 소리라 역시 그냥 나왔던 소리이겠거니 했었어. 계절이 바뀔 때라 일이 많아져서 바쁘기도 했고. 코끼리 건은 완전히 잊고 있었어.

드라큘라는 날이 밝기 전에 관이 있는 우리 집으로 돌아가야 했다. 나는 민구의 집에서 자기로 했다. 드라큘라는 말리지 않았다.

거실에서 자다가 문 두드리는 소리에 잠에서 깼다. 창고로 쓰는 방의 문을 민구가 두드리고 있었다. 방 안에서 웃음소리가 들렸다. 민구는 침실로 돌아갔다. 나는 다시 잠이 들었다.

_ 아침 먹으러 가자.

누군가 나를 흔들어 깨웠다. 미라였다. 아침을 먹기에는 너무 늦은 시간이었다. 점심을 먹기에도 조금은 늦은 시간이었다. 미라는 잠이 덜 깬 나를 식당으로 끌고 갔다. 밥을 먹으면서 잠이 깼다. 밥을 먹고 커피를 마시러 갔다.

_ 도덕은 어려워.

미라는 민구가 화를 낸 이야기를 하다 그렇게 말했다.

_ 예술 한다는 애들의 비도덕성에 질렸어.

민구의 말이었다. 미라는 아무렇지 않은 척 무덤덤하게 그런 얘기를 했지만 입가가 굳어 있었다. 비도덕. 나 역시 무엇이 옳고 무엇이 그른 것인지 잘 모르겠다. 도덕이라니. 미라는 어제 남자를 데려왔다. 민구의 집 한쪽에서 거리에서 만난 남자와 잤다. 민구는 미라에게 나가달라고 했다.

나도 사랑하지 않는 남자와 밤을 보낸 적이 있다. 여자친구가 있는 남자를 사랑하기도 했고, 부인이 있는 남자와 데이트를 하기도 했다. 지나고 나면 허무했지만 그건 다른 관계들도 마찬가지였다. 즐겁게 지내던 사람이 문득 거리를 둘 때 나는 당혹스럽다가 부끄러워졌다.

카페 머그컵에 새겨진 세이렌이 문득 심판관처럼 보였다. 나는 심판이 두려워서 농담을 했다.

그날 밤 클럽에 갔다. 미라가 공연을 한다고 했다. 역에서 밖으로 나가는 계단으로 올라가면서 나온 것을 후회했다. 집에서 뒹굴거리고 싶었다.

골목에 있는 지하 클럽으로 들어갔다. 음악소리에 벽이 울렸다. 사람이 꽉 차 있었다. 계단에 서서 공연을 봤다. 첫번째 밴드의 마지막 곡이었다. 밴드가 앙코르도 없이 들어갔고, 사람들은 다음 밴드를 기다렸다. 사람들이 계단으로 드나들었다. 나는 바에 티켓을 보여주고 맥주 한 잔을 받았다. 맥주를 들고 바닥에 앉았다. 자리가 비좁았다.

두번째 밴드가 나왔다. 미라가 건반 앞에 앉아 있었다. 사람들이 일어섰다. 나도 일어났다. 사람들 머리 사이로 무대가 보였다. 밴드는 귀여웠다. 미라는 건반을 쳤다. 미라가 나에게 손을 흔들었다. 삼십 분 정도 공연이 이어졌다. 밴드는 무대에서 내려와 사람들 사이를 지나 공연장을 나갔다. 미라가 내 팔을 잡았다.

미라는 대기실에서 스타킹을 갈아신었다. 주황색 레깅스를 벗고 하얀 레이스 스타킹을 신었다. 술에 취한 첫번째 밴드의 드러머가 미라의 다리를 잡고 입술을 갖다댔다. 미라는 드러머를 걸어차버렸다. 두번째 밴드의 기타리스트가 첫번째 밴드의 드러머에게 달려들려다가 미라에게 걸어차여 뒹구는 드러머를 보고 웃었다. 미라는 간이의자에 다리를 올려놓고 레이스 스타킹을 끌어올렸다.

_ 넌 스타킹을 앉아서 신어 서서 신어?

미라가 내게 물었다. 나는 미라의 의도가 무엇일지 생각해봤
다. 생각할수록 꼬여서 그만두었다.

_ 말버릇이구나.

_ 뭐가.

_ 헷갈리게 말하는 거. 별 의미도 없으면서.

_ 네가 괜히 복잡하게 생각한 거지. 다들 뭐가 그리 복잡해.

스타킹을 다 신은 미라는 립스틱을 고쳐 발랐다. 진한 오렌지
색이었다.

_ 너 미라 맞아?

_ 누가 그래?

나는 드라큘라가 그랬다고 했다.

_ 걔 아직도 그러고 다니니?

미라는 웃으면서 지저분한 테이블 위에 앉았다. 치마가 짧아서
허벅지가 다 드러났다.

_ 걔가 나보고 미라라고 해서 미라 하기로 했어.

_ 그전엔 뭐였는데?

_ 몰라.

미라는 테이블에서 뛰어내렸다. 그리고 두번째 밴드와 나가버
렸다. 열린 문으로 세번째 밴드의 노래가 들려왔다. 공연장 이층
으로 가서 무대를 내려다봤다. 보컬이 소리를 지르며 기타를 연
주하고 있었다. 무대 앞쪽의 사람들은 서로의 어깨를 부딪치며

춤을 추고 있었다. 어느 순간 그들은 원을 만들고는, 그 원 안으로 들어가 서로 격렬하게 몸을 부딪치며 춤을 추었다. 보컬이 소리를 지르면 그들도 소리를 질렀다.

원이 빙빙 돌았다. 원은 돌면서 소리를 내지 않았다. 사람들은 손을 높이 치켜들고 말없이 몸을 부딪치고 점프했다. 슬램이었다.

공연이 끝났다. 사람들이 우르르 빠져나갔다. 몸을 부대끼던 사람들은 싸우지도 인사를 나누지도 않았다. 모르는 사이는 모르는 사이였던 그대로 멀어졌다. 클럽 안에 남아 있는 사람들은 많지 않았다. 나도 얼른 나왔다. 밖은 시원했다.

밤이었다. 짐을 쌌다가 풀었다. 공원에서 달리기를 했다. 새벽에 걸어서 가게에 갔다. 상가 단지에 짙은 안개가 끼어 있었다. 오토바이가 지나갔다. 작은 식당에는 불이 켜져 있었다. 식당 뒷문이 열려 있었다. 문 안으로 설거지를 하는 아주머니가 보였다.

단지 안으로 걸어들어갔다. 잠금쇠를 풀고 셔터를 올렸다. 소리가 크게 울렸다. 가게 안에 들어가 난로를 켰다. 난로 위에 주전자를 올려놓고 장부를 꺼냈다. 손님 이름과 전화번호가 빽빽했다. 연락할 곳은 없었다.

나사와 못을 종류별로 꺼내놨다. 나무를 골랐다. 옻나무로 했다가 소나무로 했다. 옻나무는 너무 오래간다. 부실한 관을 만들까. 그가 매일 관을 맞추러 오도록. 그러나 결국 다시 소나무를 넣어놓고 옻나무를 꺼냈다.

목장갑을 꼈다. 뜨거운 물을 컵에 따라놨다. 김이 피어올랐다.

유리문에 김이 서렸다. 장갑을 벗고 뿌옇게 김이 서린 자리에 그의 이름을 썼다가 지웠다. 장부를 뒤로 넘겨 드라큘라, 옻나무, 본인, 금액 미정이라고 적었다. 관계란에 자식이나 부모가 아니라 본인이라고 써보기는 처음이었다. 연락처란은 공백이었다.

드라큘라는 관을 오래 비웠다. 매일 새벽 가게에 가서 드라큘라의 관을 만들었다. 낮에는 창에 검은 종이를 붙여놓고 잠을 잤다. 눈을 떠도 감아도 그가 있었다. 미웠다.

칠만 남았다. 당연히 검게 칠할 것이다. 칠하기 전인데도 관은 멋졌다. 안 오면 누구 손해인데. 장갑을 낀 손으로 약품 뚜껑을 돌렸다. 독한 냄새가 풍겼다. 칠이 마를 때까지 오지 않으면 내가 관에서 자야지. 관 뚜껑 바깥쪽부터 시작했다. 다섯 번 정도 덧칠해야 했다. 두번째 칠이 마르고 세번째를 준비하는데 가게 문이 열렸다. 드라큘라였다.

_ 바다에 가자.

_ 칠해야 돼요. 세 번 남았어.

드라큘라와 타협했다. 칠을 할 동안 그가 이야기를 들려주기로 했다. 이야기가 재밌으면 드라큘라를 따라가겠다고 약속했다. 비밀을 고백하는 이야기여야 했다.

나는 환생을 질투했어. 복잡한 감정이라고 생각했는데 말하고 보니 간단하네. 질투했던 거야. 도서관에 머물기 시작하고 처음 한 해 동안 나는 환생을 관찰했어. 환생은 드라큘라가 아니었어.

그 사실이 나를 오랫동안 괴롭혔어.

미라가 내 목을 물어서 나는 드라큘라가 됐어. 그게 유일한 내 위안이었어. 미라가 나를 떠나기는 했지만 내 목을 물었던 건 나를 사랑했기 때문이라고 믿었거든. 드라큘라가 되고 나서 나는 텅 비어버렸어. 아주 외로웠어. 그래서 나는 미라를 이해하게 됐어. 결국 우리는 같은 존재가 됐던 거야.

그런데 미라는 환생은 사람으로 남겨두었어. 미라가 환생을 사랑해서 그랬다면 내가 위안으로 삼았던 생각들은 착각이 되는 거였지. 미라는 환생의 옆에 있을 때 더 생생했던 것 같았어. 환생은 내가 보지 못한 미라의 모습들을 봤어. 나에겐 손도 대기 어려웠던 미라인데, 환생은 매일 그녀를 안았던 것 같았어. 그리고 미라는 자기가 누구인지 환생에게 알려줬지. 그렇다면 나는 뭐지? 나는 무엇 때문에 드라큘라가 된 거지? 미라가 나를 사랑하지 않았다면 내 괴로움에는 어떤 의미도 없는 거잖아. 나는 내가 무엇인지도 모르게 됐어.

환생이 목록을 만들지 않았다면 나는 환생을 죽였을 거야. 자고 있는 그에게 칼을 들고 다가간 것도 여러 번이었어. 하루는 좋은 칼을 샀지. 그 칼을 가진 날엔 정말 그를 죽일 뻔했어. 너도 그 칼을 잘 알 거야. 나는 환생의 옆구리를 찔렀어. 피가 바닥을 적셨어. 환생은 책상 밑에서 쪼그리고 자고 있었어. 나는 그의 피를 보면서 비참해졌어. 부러웠거든. 피를 흘리고 있다는 것이 질투가 나서 미칠 것 같았어. 환생은 눈을 떴어. 나와 눈이 마주쳤어.

환생은 죽지 않았어. 그가 퇴원한 날 도서관에서 잔치를 했어.

하지만 그날도 환생은 묵묵히 목록을 썼어. 나는 그 목록이 미라를 찾을 실마리일지도 모른다고 생각했어. 환생이 작업을 끝내면 그 목록을 훔칠 생각이었어. 그럴 생각으로 도서관에 머물렀던 거야.

환생은 나를 비난하지도 피하지도 않았어. 나는 환생의 그런 태도에도 화가 나서 더 뻔뻔하게 굴었어. 하지만 사실은 부끄러웠어. 죽을 수 있었다면 죽었을 거야.

몇 해가 지났어. 환생은 목록작업에만 몰두했어. 그렇게 오래 걸릴 줄은 몰랐어. 나는 그를 기억해. 그가 사다리를 타고 올라가 책장 위칸에 꽂혀 있는 책을 빼드는 모습이 익숙해졌었어. 그는 책을 꼭 한 권씩만 가지고 내려왔어. 바랜 책표지를 손으로 한번 쓸어내리곤 책장을 펼치곤 했지. 그가 책을 읽던 모습을 기억해. 정적과도 같았어. 책을 다 읽으면 노트를 펴고 작가와 제목과 출판사와 출판연도를 가지런히 적었지. 그밖에는 아무것도 쓰지 않았어.

일 년에 하루 낮에 돌아다닐 수 있는 날이었어. 이리저리 쏘다니다 아직 해가 밝을 때 도서관으로 돌아가고 있었어. 노을이 지는 시간까지 얼마 남지 않은 오후였어. 돌담의 갈라진 틈새들이 선명해지는 시간. 노란 볕이 도서관 지붕에 내려앉고 있었어. 도서관 문이 열렸어. 나는 길모퉁이에 서 있었어. 도서관에서 환생이 나왔어. 환생은 낡고 헐렁한 녹색 니트 조끼를 입고 있었어. 여름이었는데 말이야.

그는 도서관 앞을 왔다갔다했어. 그의 걸음이 그렇게 느린 줄

그때 알았어. 그는 천천히 도서관 앞을 한 바퀴 돌고는 다시 안으로 들어갔어. 그가 걸은 거리는 내가 양팔을 펼친 길이 정도밖에 안 되었을 거야. 그가 목록 만들기를 그만두었을 때 그의 손을 잡고 싶었던 건 그날 오후 때문이었을 거야. 그때는 그가 목록에서 벗어나기만 하면 사는 것같이 살 수 있을 줄 알았지.

환생이 나에게 나가주었으면 좋겠다고 말했을 즈음에는 나도 도서관을 떠날 생각을 하고 있었어. 그에게서 도망치고 싶었어. 그에 대한 감정이 복잡해져서 혼란스러웠어. 환생에게 나가라는 말을 들으니 때가 왔다는 확신이 들었어.

미라가 어디로 갔는지 아십니까? 저는 미라를 찾으러 왔습니다.

환생은 목록 만들기를 그만둔 후로 자리에서 일어선 적이 없었어. 의자에 앉은 채로 굳어가고 있었어. 미라처럼. 나는 그가 목록을 그만 만들기로 했을 때 말리지 않았던 것을 후회했어. 말려도 소용없었겠지만 내 마음은 조금 편할 수 있었겠지.

그가 주머니에서 열쇠를 꺼내서 내게 넘겨줬어. 나는 영문도 모르고 열쇠를 받았어. 그의 눈이 미라 같았어. 나는 그의 어깨를 잡았어. 그는 무너져내렸어. 모래 한줌이 의자 위에 남았어. 열쇠로 책상 서랍을 열었어. 목록들이 가득 들어 있었어. 나는 문 안쪽에 나무판자를 대고 못질을 했어. 그리고 목록을 이어갔어. 하지만 사흘 만에, 문 안쪽에 대놓았던 나무판자의 못을 빼야 했어. 나는 환생처럼은 할 수 없었어.

나는 사람들과 같이 사는 귀신이었어. 죄책감은 세월이 갈수록 오히려 강해져갔어. 산 사람 하나를 그렇게 하고 나면 일주일을 굶었어. 부담스러운 일이야, 아직까지도. 나는 죽기 직전의 사람들이나 동물들을 찾아다녔어. 하지만 어쩔 수 없는 날도 있었다고 하면 한심한 변명이겠지. 네가 날 두려워하게 될까봐 두려워.

드라큘라가 청년들을 잡아먹는다는 소문이 온 거리에 퍼져 있었어. 홍콩할매는 아이들을 잡아먹고 빨간 마스크는 처녀들의 입을 찢고 있었지. 괴담인지 아닌지 나는 몰라.

텔레비전과 신문에도 괴담이 실리던 때였어. 간첩과 깡패와 빨갱이와 부랑자 들이 거리에 넘치고 있다는 이야기였어. 홍콩할매나 빨간 마스크처럼 사람들에 섞여 '어딘가에' 있다가 불쑥 나타난다는 거야. 사회에 은밀하게 도사리고 있는 위험이었지. 재미로 그런 소문들을 수집하고 다녔어. 나에 관한 것들은 거의 그냥 괴담이었어. 소위 '위험인물'이라고 잡혀간 사람들 중에는 독서클럽 멤버들이 꽤 있었지. 내 친구들이었지. 내 친구들이라고 미화하고 싶지는 않아. 한심한 놈들이었어.

자유, 자유, 말로만 떠드는 놈들도 많았어. 밖에서는 숨죽이고 있다가 도서관 안에서만 독재니 부패한 언론이니 하며 욕을 했어. 하지만 놈들은 부끄러워할 줄은 알았어. 정치며 언론에 대해 욕을 하다가도 곧 부끄러워했어. 부끄러워서 술을 마셨어. 홍콩할매나 빨간 마스크의 자질이 있는 친구들은 아니었어. 그런데 정부에서는 그런 친구들을 거리에서 내몰고 거리가 깨끗하고 평화로워졌다고 말하고 있었어.

거짓말이 옳은 시간이었어. 거짓말을 믿거나 묵인하거나 차라리 외면해야 했어. 독서클럽 멤버들은 그러지 못했어. 그렇게 멍청했어.

정권이 바뀌었어. 그때까지 도서관은 항상 문을 잠그고 있었어. 나는 무료했어. 대통령이 총에 맞아 죽었다는 소식을 듣고 도서관 문을 열었어. 알음알음 사람들이 모여들었어. 대학생들이 많았어.

하루는 드라큘라가 들어왔어. 나만은 그가 드라큘라라는 것을 알아볼 수 있었어. 예전에 사라졌던 독서클럽 멤버였어. 그날 이후로 드라큘라들이 모여들었어. 드라큘라들은 드라큘라끼리 뭉쳤어. 도서관을 새로 열고부터 출입하기 시작한 젊은 애들은 드라큘라 패거리와는 따로 놀았어. 두 패거리의 사이가 그리 좋지는 않았어. 패거리끼리 따로 토론을 벌이다가 두 패거리의 싸움으로 번질 때도 있었어. 난 심심하지 않아서 좋았어. 그래도 환생이 있던 시절이 그리웠어.

칠이 끝났다.

_ 재밌지?

_ 재미없어요.

드라큘라에게 납치당했다. 드라큘라는 빨랐다. 등에 업혀 있으니 얼마나 빠른지 실감이 났다. 풍경들이 아주 빠르게 스쳐 지나갔다. 도시가 뭉개졌다. 가로등이 밝았다. 하늘은 검었다. 추워서 볼이 따가웠다. 장난은 그만 치기로 해요. 그를 만나면 말하려 했다. 혼자 기대하기에도 기다리기에도 미워하기에도 지쳤어. 그러나 그의 목소리가 반가워서 모두 잊고 말았다.

바다는 바다. 감흥이 없었다. 막막하고 심심한 맛이었다. 파도
와 파도가 겹쳐지는 소리가 들렸다.

_ 여기서부터는 걸어야 해.

드라큘라는 빠른 걸음으로 앞서갔다. 나는 모래사장으로 내려
섰다. 드라큘라는 점점 멀어졌다. 어느새 그의 등이 보이지 않았
다. 드라큘라의 등뒤에 남아 있는 것이 익숙했다. 드라큘라는 코
끼리 우리 앞에서 나에게 안녕, 하고 말을 걸었다. 손을 잡고 달
렸다. 내가 하는 관 이야기를 즐겁게 들어줬다. 농담이 잘 맞았다.
군것질거리를 자주 나눠 먹었다. 돌길을 걷고 붙어앉아 발을 털
었다. 나를 구하려고 연못에 뛰어들었다. 나에게 많은 이야기를
들려줬다. 나에게 그가 지금까지 어떻게 살아왔는지를 알게 했
다. 그런데 왜 그는 나에게 매번 등을 돌리는 것일까. 드라큘라는
그동안 어디에 있었던 걸까.

_ 와.

그가 둑 위에서 외쳤다. 그가 내게로 돌아올 때까지 그대로 서
있었다. 드라큘라는 순식간에 내 앞으로 왔다. 너무 가까웠다. 나
는 조금 물러섰다.

_ 너무 빨라요. 같이 걸어요.

드라큘라는 투덜대면서 내 걸음에 맞춰 걸었다. 해변 끝에 있
는 호텔로 들어갔다. 이름이 '선라이즈'였다. 깨끗하지만 낡은 건
물이었다. 호텔은 버려진 번화가 한쪽 끝에 덩그러니 남아 있었
다. 카운터는 비어 있었다. 작은 엘리베이터를 타고 삼층으로 올
라갔다. 드라큘라가 5호실의 문을 두드렸다. 민구가 문을 열고 나

왔다.

_ 안에 있어요.

_ 고마워.

드라큘라가 안으로 들어가고 나는 민구와 아래로 내려갔다. 호텔 뒤편에 작은 마당이 있었다. 울타리로 밖과 안을 나눈 공터였다. 동백나무가 두어 그루, 농구대도 하나 있었다. 아이 셋이 배구공으로 농구를 하고 있었다. 가까이 가서 보니 공을 가지고 노는 것은 한 아이뿐이었다. 나머지 둘은 그 아이가 노는 것을 구경하고 있었다. 공을 가지고 놀던 아이가 민구를 공놀이에 끼워주었다. 구경하고 있던 아이 둘이 공을 가진 아이에게 자기들도 끼워달라고 졸랐다.

_ 우리도 끼워줘.

_ 그래. 우리도 놀자.

둘은 형제 같았다. 비슷한 얼굴에 똑같은 안경을 쓰고 있었는데 키만 달랐다. 키가 큰 쪽이 형이었다. 형이 공을 만지려 하자 공을 가진 아이가 화를 냈다. 동생은 심판을 보겠다며 멀찌감치 물러섰다. 형도 동생 옆으로 갔다.

_ 쟤네 진짜 열심히 한다. 우리는 구경이나 하자.

어느샌가 미라가 내 옆에 와서 앉았다. 민구와 아이는 농구를 그만두고 공을 발로 차고 있었다.

_ 만났어?

_ 누구를?

_ 널 찾아다니던 사람.

_아무도 안 왔어.

나는 미라에게 삼층 5호실에 있던 것이 맞는지 물었다. 미라는 드라큘라가 들어간 객실 안에 있었다. 방 두 개짜리 객실이었다. 미라는 넓은 방 침대에서 자고 있었다. 아무도 오지 않았다고 미라는 말했다. 드라큘라는 또 어디로 갔나. 나를 여기로 왜 데려온 걸까. 숨이 가빠졌다. 나는 심호흡을 하면서 호텔로 들어갔다. 5호실 베란다에 드라큘라가 있었다. 드라큘라는 뒷마당을 내려다보고 있었다. 그를 아래로 밀어버리고 싶었다. 그를 보자마자 나갔어야 했다. 나는 미적거리다가 그만 시비를 걸고 말았다. 누가 더 비겁한지, 비겁했었는지에 대해서. 누가 더 비참한지, 비참해지게 될 것인지에 대해서. 미라가 뒷마당 벤치에서 일어나자 드라큘라는 황급히 방에서 나갔다. 사라지는 그의 뒷모습이 초라했다. 드라큘라는 도망쳤다. 나도 그랬다. 속이 텅 비었다.

집에 돌아왔다. 집 안이 어질러져 있었다. 관을 열어보니 비어 있었다. 그에게 돌려주고 싶어서 관에 칼을 넣어뒀었다.

컴퓨터를 켰다. 인터넷을 서핑하며 뮤직비디오를 봤다. 한 곡도 귀에 들어오지 않았다. 디즈니 애니메이션 묶음을 다운받았다. 〈백설공주〉가 첫번째였다. 일곱 난쟁이들이 어깨를 으쓱이며 노래를 불렀다. 백설공주는 통통했다. 난쟁이들의 걸음과 백설공주의 목소리가 거슬렸다. 마녀가 준 독사과를 먹고 백설공주가 쓰러지는 장면에서 창을 닫았다. 〈이상한 나라의 앨리스〉를 켰다. 앨리스가 토끼를 쫓아갔다. 앨리스가 굴러떨어지기도 전에 다른 만화로 넘어갔다. 〈미녀와 야수〉는 벨이 등장하기도 전에 그만뒀다. 오줌이 마려웠다. 〈신데렐라〉를 틀어놓고 가만히 앉아 있었다. 신데렐라는 유리구두를 신고 왕자와 결혼했다. 화장실로 달려갔다. 화장실에서 나와서 이불을 덮어썼다. 전화기를 쥐고 있었다. 발이 싸늘해서 잠이 오지 않았다. 문 두드리는 소리가 들렸다. 환청이었다. 그다음에 들려온 소리는 환청이 아니었다. 나는 구치소에 수감됐다.

기자회견이 잡혀 있었다. 그전에 진술을 또 해야 했다. 이번에는 드라큘라와 미라 이야기를 하지 않았다. 검사는 그런 얘기는 듣고 싶어하지 않았다. 나도 별로 내키지 않았다. 지어내볼까 했지만 떠오르는 이야기가 없었다. 드라큘라가 내 생각을 가로막았다. 할 수 있는 말이 없었다. 그러나 질문은 계속됐고, 나는 대답을 해야 했다.

나는 나에게 물었다. 할 수 있는 말이 남지 않았는데 계속되는 질문에 끊임없이 답해야 할 때 거짓말과 침묵 외에 어떤 선택이 있을까. 그러나 답을 구하려 하면 할수록 입이 말라붙었다.

검사가 대신 답을 구해줬다. 나는 답을 받았다. 내가 쓰지 않은 나의 진술서였다. 내가 왜 코끼리를 죽이게 됐는지와 어떻게 죽였는지가 명확하게 진술되어 있었다. 사람들은 진실보다, 그럴듯하게 꾸며진 말을 믿는다. 나는 검사가 뭐 그런 대사를 하기를 기대했다. 그러나 영화처럼 되지는 않았다. 그렇다고 현실 같지도 않았다. 현실이란 언제나 손에 잡히지 않았다. 사람들은 가장 그럴듯해 보이는 것을 믿고 그 믿음을 현실이라 부르는 것은 아닐까.

내게 주어진 진술서는 견고했다. 민구 얘긴 빼달라고 부탁했다. 진술서는 수정됐다. 나는 내 앞에 있는 진술서를 믿기로 했다. 그러자 그 진술은 사실이 됐다. 나는 기자회견에서 사실대로 말하기로 약속했다. 나는 민구에게 계획적으로 접근했고 몇 년간

치밀하게 범행을 준비했다. 코끼리의 가죽과 상아를 밀수업자에게 팔 생각이었다. 물론 돈이 목적이었다. CCTV와 우리 집에서 찾아낸 칼이 내 말을 뒷받침할 것이었다.

깊은 밤에 드라큘라가 나를 데리러 왔다. 군말 없이 그를 따라나섰다. 그는 숨을 곳을 정해두지 않았다. 나는 드라큘라를 가게로 데려갔다. 드라큘라는 내가 만든 관들을 마음에 들어했다. 성실한 관이라며 탐을 냈다. 관이 성실하다는 칭찬은 처음이어서 쑥스러웠다.

드라큘라의 관은 완성되어 있었다. 천을 덮어서 가게 안쪽에 두었었다. 드라큘라를 가게 안쪽으로 데려갔다. 천을 정성스럽게 벗겨서 그에게 보여주었다.

_ 어때요?

_ 내 거네.

드라큘라는 연애담으로 값을 치르기로 했다.

두 패거리의 싸움에 진저리가 나서 도서관을 닫을까 고민하던 즈음이었어. 여자 하나가 도서관에 드나들기 시작했어. 대단한 미인이었어. 도서관 주변에 공장단지가 들어섰는데, 거기로 출퇴근하는 여공이었어. 첫날에는 사또의 시집을 찾아서 봤었어. 처음에는 조용히 책만 읽다 갔어. 그렇게 한 달쯤. 그렇게 조용히 묻혀 있을 수 없는 여자였어.

그 여자가 도서관에 드나들고 일주일 만에 두 패거리는 휴전을 했어. 도서관 사람들은 호기심을 억누르지 못하고 여자의 입을 열게 하려고 안달이 났어. 사람들은 토론하는 척하면서 그 여자가 도발할 만한 말을 던졌어. 여자는 묵묵히 책을 읽었어. 씨름이 길어지니 나도 근질거리기 시작하더군. 내기에 끼어보기로 했지.

_ 사또의 시들은 거짓말이다.

나는 사또의 시집을 들고 웃으며 떠들었어. 성공이었어. 여자는 나에게 이유를 물었어. 그 여자가 입을 열었다는 사실만으로도 사람들은 흥분했어. 다들 흥분을 숨기느라 얼굴이 빨개져서는 입을 다물고 있었어. 아주 조용해졌어.

사또의 시들은 자유로운 말에 대해 말하고 있어. 자유로운 말에 진실이 있고 진실이 우리를 자유롭게 할 거라고 말하지. 그런데 이 자유로운 말들이 지금 어디에 갇혀 있지? 그리고 자유롭게 말했던 이 시인은 지금 어디로 갔지? 사람에게는 진실이 없어. 자유로운 말은 불가능해. 그렇게 말했지.

성공한 혁명이 자유를 가져다주지 않는 시절이었어. 모두가 자유를 입에 달고 살았지만 자유를 본 사람은 없었어. 자유와 진실은 유령이었어. 우리에게 가까운 건 언제나 거짓 쪽이었어.

_ 오빠가 살아 있다면요.

_ 그래도 변하는 건 없어. 이 시를 봐. 열 살 수희는 못난이다. 엄청난 거짓말이잖아.

나는 시집을 수희에게 줬어.

_ 오랜만이야.

_ 나를 알아요?

_ 이걸 주러 왔었잖아. 내가 받았었어. 많이 컸구나.

수희는 내가 자기를 놀린다고 생각했나봐. 나에게 시집을 던지고 나가버리더군. 그러고는 며칠 후에 다시 나타났어.

수희가 왜 다시 돌아왔는지 그때는 몰랐어. 그런 것을 생각해볼 겨를이 없었어. 도서관이 정신없이 돌아가게 됐거든. 도서관의 비밀클럽은 부활됐어. 그애의 제안이었어. 독서클럽은 아니었어. 수희가 전축을 가져왔어. 도서관 사람들은 토요일마다 춤을 췄어. 댄스클럽이었어. 모임은 수희의 퇴근시간에 맞추어서 열렸어.

수희는 평소에는 공장 유니폼을 입고 왔어. 기름때 묻은 헐렁한 옷을 입고 책을 읽었어. 하지만 토요일에는 달랐지. 스커트에 구두를 신고 들어왔어. 헵번 스커트에 두건을 두르고 오는 날도 있었어. 발목까지 내려오는 긴 치마를 입고 맨발로 도서관을 누비기도 했었지.

도서관 벽에 거울을 달았어. 수희가 거울이 있었으면 좋겠다고 한마디 흘리니 바로 다음날 도서관에 거울이 쌓였어. 영광스럽게도 내가 가져온 거울이 채택됐어. 나무로 테를 두른 반신거울이었어. 장미꽃이 조각되어 있었을 거야.

립스틱을 바르는 수희가 거울에 비칠 때면 도서관 안에 이상한 적막이 흘렀어. 수희는 무심함을 가장했어. 립스틱을 바른다기보다 립스틱을 바르는 연기를 하는 것에 가까웠어. 여배우 같았지만 교태는 없었어.

도서관은 활력을 되찾았어. 그 이상이었지. 환생이 살아 있을 때도 그 정도는 아니었으니까. 말 그대로 황금기였어. 춤을 추는 수회의 종아리에 대해서는 말하지는 않을게. 사실 그게 황금기의 포인트지만.

수회가 도서관에 있는 게 당연해졌어. 수회는 어떤 대화에도 거침없이 들어왔고 웃음소리가 컸어. 붉은 입술이 빛났어. 하지만 모임이 있는 날이 아니면 조용히 책만 읽다 갔어. 다 읽은 책에서 새로운 책으로 넘어갈 때나 집에 가기 전이면 습관처럼 사또의 시집을 펴서 읽었어. 다 외운 시를 처음 읽는 것처럼 더듬거리고는 했어. 손으로 한 글자 한 글자를 짚어가면서. 문장을 읽는 소리가 흐릿해지면 수회의 손을 잡고 집에 데려다줬어.

수회가 최루탄 냄새를 풍기며 들어온 날은 불길했어. 도서관에 다닌 지 삼 년째였어. 오래 참았겠지. 수회는 다른 드라큘라들처럼 자기 오빠도 돌아올 거라고 믿었어. 그렇게 삼 년을 보낸 거야.

대학생들은 데모를 하다 도서관으로 숨어들었어. 수회가 그들을 끌어들였어. 나중에는 화염병과 현수막이 책장을 차지했어. 그 일로 여러 번 수회와 싸웠어. 수회를 내쫓다가 남학생들에게 맞은 적도 있었어. 드라큘라와 학생 들의 싸움으로 커져서 도서관은 아수라장이 됐어. 결국 수회를 편들던 드라큘라들이 학생들 쪽으로 붙어서 그 반대편의 드라큘라들은 도서관을 떠나야 했지.

도서관을 포기할 수는 없었어. 어느 시기가 지나니 안정이 오기는 했어. 불안정한 질서였어. 사람들은 토요일 밤마다 춤을 췄고 매일 밤 술을 마시고 노래를 불렀어. 그렇다고 책이 먼지 쌓인 유물이 된 것도 아니야. 하지만 수회는 책읽기를 그만뒀어. 사또의 시도 읽지 않았어. 나는 수회를 집에 데려다주지 않게 됐어. 하나둘, 사람들이 사라지기 시작했어. 도서관 분위기는 자주 침통해졌어. 수희와 나는 서로 본 체 만 체 지내고 있었어.

그러던 어느 토요일이었어. 도서관엔 수희와 나뿐이었어. 수희는 내가 사람들을 쫓아냈다고 오해하고 있었어. 수희의 울음이 길었어. 나는 그만두라고 했어. 돌아오지 않을 오빠를 기다리는 것도 제발 그만하라고. 수희는 울음을 그치고 나를 올려다봤어. 나부터 그만두라고 하더군. 누구한테 들었는지는 모르겠어. 돌아오지 않을 여자. 수희가 그렇게 말했을 때, 나는 설명하고 싶었어. 내가 기다리는 것은 여자가 아니라 미라이며 미라가 나에게 어떤 의미인지를. 나는 나에게 남은 일이 그것뿐이라고 말했어. 수희는 더 듣고 싶어하지 않았어. 집에나 데려다달라고 했어.

예전처럼 손을 잡기가 그래서 조금 떨어져서 걸었어. 말없이 걸었어. 오빠가 올까? 수희가 묻길래 무슨 대답을 기대하냐 되물었어. 수희의 눈에 화가 비쳤어. 수희는 이제부터 혼자 가겠다며 날 돌려보냈어. 수희는 그런 식으로 화를 참았어. 조용하게 내는 화가 나를 주눅들게 했었어. 눈에 화가 지나가고 나면 그 자리엔 경멸이 들어찼거든. 미소가 싸늘했어. 수희가 크게 화를 낼 때는 이유를 알았지만 그런 식으로 화가 났을 때는 왜 화가 났는지 알 수가 없었어. 그때도 그랬어. 그래서 수희를 그냥 보냈지. 수희는 그렇게 사라졌어. 그때 내가 수희의 손을 잡고 집까지 같이 갔다면 달라졌을까.

_ 이제 내 거지?

드라큘라는 벌써 관 안에 들어가 있었다. 묻지나 말지. 드라큘라는 누웠다 앉았다 하며 싱글거렸다.

_ 알로하.

_ 알로하?

_ 천국에서 하는 인사 같잖아. 알로하.

나는 세르부스가 더 좋다고 받아쳤다. 알로하보다는 세르부스. 하지만 결국 나도 천국에서 하는 인사를 했다.

_ 관 만드는 거 누구한테 배웠어?

_ 아버지.

_ 훌륭한 아버지네. 좋은 장인이었군. 관을 보면 알지.

_ 최고지. 그런 말 많이 들어요.

드라큘라는 관에 누워서 나를 불렀다.

_ 관은 누워봐야 알지. 이리 와봐.

나는 드라큘라 옆에 나란히 누웠다. 드라큘라가 관 뚜껑을 닫았다. 안에서 여닫기 편하도록 손잡이를 만들고 잠금장치도 해뒀다. 드라큘라가 관을 안에서 잠갔다. 나는 불편해졌다. 잠금쇠 쪽으로 손을 뻗었다. 드라큘라가 내 손을 붙잡았다. 내 숨소리가 들렸다.

_ 날이 샜어.

드라큘라는 아이처럼 억지를 부렸다. 벌써 날이 샜을 리가. 나는 잠금쇠를 풀었다.

_ 날 죽일 셈이야?

드라큘라는 나를 끌어안았다. 꼼짝도 할 수 없었다. 관이 잠기는 소리가 났다.

　_ 날 샜다면서. 안 자요?

　_ 불면증이야.

　그의 가슴이 내 얼굴을 눌렀다. 그의 턱이 내 이마에 닿았다. 그
의 입술이 부드러웠다. 우리는 서로에게 더 가까워지려 애를 썼다.
드라큘라는 먼저 잠이 들었다. 나는 그에게 안긴 채 관에서 나간
후를 생각했다. 밤이 지나고 관이 열리면 우리는 다시 아무것도 아
닌 사이로 돌아가겠지. 그는 결국 다시 미라를 찾으러 갈 것이다.

　날이 새기 전에 관에서 나왔다. 곧장 경찰서로 갔다. 나는 그
자리에서 체포되었다. 기자회견은 예정대로 하기로 했다. 하루가
남아 있었다. 독방에 갇혀 있으니 심심했다. 그러나 밖도 심심하
기는 마찬가지였다. 밤에 드라큘라가 놀러 와주었다. 놀러 온 사
람치고는 화가 나 있었다.

　_ 넌 끝까지 제멋대로지.

　_ 놀아줘요. 심심해 죽겠어.

　_ 죽어.

　드라큘라는 불친절했다. 불친절한 드라큘라와 실뜨기를 했다.
붉은 실을 손가락에 얽었다. 드라큘라가 실을 뜨고 내가 먼저 잡았
다. 얽어져 있는 실을 잡아서 조심스럽게 당겼다. 이번에는 붉은
실이 내 손가락에 얽혔다. 드라큘라가 기억을 더듬어서 실을 잡았
다. 처음 몇 번은 쉬웠다. 내가 세번째로 잡을 차례에서 갑자기 캄
캄했다. 드라큘라는 가르쳐주지 않았다. 몰라서 못 가르쳐주는 건

지 알면서 시치미를 떼고 있는 건지 알 수가 없었다. 약이 올랐다. 가르쳐달라고 하기는 자존심이 상해서 실을 보고만 있었다.

_ 어서 해. 시간 잰다.

드라큘라가 숫자를 십부터 거꾸로 셌다. 나는 초조해져서 우선 실을 잡았다. 드라큘라가 숫자 세기를 중단했다. 실을 고쳐 잡았다. 간신히 넘어갔다. 드라큘라도 다음에는 시간이 걸렸다.

우리는 서로의 눈치를 봤다. 내 차례가 다시 왔다. 드라큘라의 손가락에 붉은 실이 복잡하게 얽혀 있었다. 실이 얽히면서 처음보다 훨씬 간격이 짧아졌다. 실을 잡으려 할 때마다 그의 손이 닿았다. 손바닥에 땀이 났다. 최대한 머리를 굴려서 실을 잡았다. 이 정도면 되지 않을까. 하지만 아니었다. 실은 엉망이 됐다. 한번 잘못 잡으니 돌이킬 수가 없었다. 나는 죽었다. 아이들의 게임은 잔인하다.

그는 편지를 주고 돌아갔다. 잠이 안 와서 편지를 읽었다.

마리에게

안녕. 아주 오랜만에 글을 써봐. 아마 백년 만일 거야. 편지는 처음인지도 몰라. 옛날에 잡지에서 편지 쓰는 법을 읽었어. 안부와 날씨 이야기로 시작하면 되지. 세르부스. 여기는 날씨가 좋아. 그곳은 어때? 이제 무슨 말을 해야 할까.

도서관 이야기를 마저 해볼까. 도서관은 발각됐어. 모래를 담아둔 상자만 겨우 가지고 나올 수 있었어. 건물은 정부 소유로 넘어갔어. 나는 지쳤어. 그리고 한없이 무료했어. 한동안은 자기만 했어. 계속 그렇게 지낼 수는 없었어. 다시 미라를 찾아나섰어. 나는 내가 왜 이렇게 됐는지, 지금 내가 정말 뭔지도 몰라. 그 여자가 미라인지 무엇인지도 왜 날 떠났는지도 몰라. 깨어 있는 시간을 뭘 하면서 견뎌야 할지 몰랐어. 미라를 찾는 것 말고는 할 수 있는 게 없었어.

너에게 이야기를 하는 동안은 무엇을 해야 할지 생각하지 않아도 됐어. 이야기가 끝나는 게 두려웠어. 내 이야기를 듣고 있는 네가 날 닮았다고 생각했어. 이제 이야기가 끝났는데 생각보다 괜찮네. 아주 막막할 줄 알았는데 별로 그렇지도 않아. 할 일이 있어서일까. 이걸 다 쓰면 널 깨우고 너랑 바보 같은 농담을 할 거야. 유치할수록 좋을 것 같아. 네가 했던 거짓말들이 농담이라는 걸 알아. 시간을 때우기에 농담만큼 좋은 건 없으니까.

마무리를 어떻게 해야 할지 모르겠다. 정석대로 할게. 시작은 날씨 이야기로 하고 끝은 이렇게 하는 거지. 이만 줄일게. 잘 지내.

p.s. 네가 만든 관은 정말 마음에 들어. 이건 진담이야.

서툰 편지였다. 그러나 너무 지루한 밤이어서 편지를 읽고 또 읽는 수밖에 없었다.

아침을 먹고 교도관을 따라나섰다. 교도관은 나를 다른 사람에게 넘겨주고 돌아갔다. 낯선 남자가 이끄는 대로 차에 탔다. 차가 출발했다. 멀미가 났다.

_ 다 알죠?

나는 고개를 끄덕였다. 손등이 간지러웠다.

_ 똑바로 대답해야지.

_ 외웠어요.

_ 자기가 쓴 걸 뭘 외우나.

_ 내가 한 일은 알아요.

그가 잠시 나를 노려봤다. 밖을 내다보고 싶었다. 그러나 창문은 없었다. 피곤이 몰려와서 눈을 감았다. 그가 어딘가에 전화를 걸었다.

_ 리허설을 해야 할까요?

전화 너머의 목소리는 들리지 않았다. 통화는 짧게 끝났다. 그가 나를 깨웠다.

_ 연습을 한번 해봅시다.

진술서를 펼쳐들고 읽어내려갔다. 그가 종이를 빼앗아갔다. 그의 눈치를 보면서 내가 한 일들을 열거했다. 몇 가지 사소한 부분들을 틀렸다.

_ 엉망이잖아.

그는 목소리를 낮게 깔고 매서운 눈길을 보냈다. 직업상 남을 제압하는 일이 많은 사람의 얼굴이었다. 미간이 구겨져 있었다. 그의 스트레스가 전해져와서 내 어깨가 무거워졌다.

_ 왜 나를 그렇게 보지?

그가 그렇게 말한 후에야 그의 눈을 피했다. 그는 쓴웃음을 지었다. 쇠창살 앞으로 운전석이 보였다. 운전하는 사람의 뒤통수에 대고 물어보고 싶은 충동을 느꼈다. 내가 뒷좌석에 혼자 앉아 있는 것은 아는지. 그에게도 이 화난 얼굴의 남자가 보이는지. 아무것도 실감나지 않았다. 눈앞의 남자가 금방이라도 증발할 것 같았다.

차에서 내리자 기분이 조금 나아졌다. 그는 증발하지 않았다. 건물 안으로 나를 데리고 가면서 여러 사람들과 악수를 나눴다. 기자들이 통로를 막았다. 속이 울렁거렸다.

기자회견장에 들어가기 직전에 그가 내 팔꿈치를 잡았다가 놓았다.

_ 잘해줘. 부탁이다.

나는 침착해졌다.

_ 완벽히 외우지는 못했어요. 진술서에 있는 문장 그대로는 안 해도 되죠?

_ 내용만 같다면야.

_ 물론이죠.

기자회견장 문을 열기 전에 한번 뒤돌아봤다. 그는 사라지고 없었다. 그가 그 자리에 있기는 했던 걸까. 문 안쪽으로 들어갔다.

기자회견장은 작았다. 난방이 잘돼 있는 실내에 사람이 꽉 차 있었다. 커다란 카메라를 어깨에 멘 카메라맨들은 땀을 흘리고 있었다. 사람들은 짜증스러운 눈으로 내가 입을 열기를 재촉했다. 나는 입을 뗐다.

_안녕! 세르부스. 알로하.

실내가 소란스러워졌다. 질문공세가 본격적으로 시작되기도 전에 나는 다시 어디론가 끌려들어갔다.

9. 전국노래자랑

　밤중에 목이 말라서 침대에서 나왔다. 냉장고에서 물을 꺼내
마셨다. 이제 자유입니다. 교도소에서 나올 때 들었던 말이 떠올
랐다. 자유, 자유, 하고 소리를 내보았다. 뭔가 거창한 느낌이 들
어 우스웠다. 오래된 농담이었다. 달고 따뜻한 것이 마시고 싶어
졌다. 노래를 부르면서 슈퍼에 갔다 왔다. 유자차와 아이스크림
을 샀다. 골목길이 밝았다. 유자차를 호호 불어가면서 혼자 마셨
다. 그와 마주 앉아 차를 마시고 싶었다. 차를 내주면서 자유차라
고 시답지 않은 농담을 하고 싶었다.

　텔레비전을 켰다. 새로 산 텔레비전이다. 동물원 조련사가 자
살했다는 뉴스가 나왔다. 만우절에 장국영이 자살한 이후로 언제
나 그랬듯이 거짓말 같기만 했다. 민구가 아니라서 다행이라고
생각하다가 문득 슬퍼졌다. 유서는 일부만 공개되었다.
　하얀 코끼리를 선물받으려고 말하는 코끼리를 죽였다. 내가 했

던 어떤 거짓말보다도 허무맹랑했다. 코끼리를 가지려고 코끼리를 없애다니. 새로운 코끼리의 자리를 만들려고 원래 있던 코끼리를 죽이다니, 누가 무엇을 위해 그런 우스꽝스런 죄를 저지른다는 걸까. 존, 동물원, 돈. 너무나 단순하고 복잡해서 이해할 수 없는 이야기였다.

통팥 한 상자를 샀다. 간만에 날이 맑았다. 시장에서 내려오는 길에 몇 번이나 드라큘라와 마주쳤다. 골목 어귀에서 서성거리다 집으로 돌아왔다.

팥 한 바가지를 물에 불렸다. 물에 불린 팥을 커다란 냄비에 넣고 끓였다. 나무주걱으로 계속해서 저어주었다. 새알을 잊었다. 찹쌀가루를 꺼냈다. 작년에 엄마가 보내온 것이었다. 반죽을 떼서 손안에 넣고 굴렸다. 예쁘게 만들어야 시집 잘 간다. 엄마는 그렇게 잔소리를 했었다. 그건 송편이잖아. 어른 말씀에 토를 단다고 꿀밤을 먹었다.

새알을 쟁반에 나란히 놓았다. 하얗고 동글동글했다. 이 정도면 아랍 왕자와 결혼하겠는데. 흐뭇했다. 팥을 끓이던 냄비에 새알을 떨어뜨려 넣었다. 새알이 위로 떠오를 때까지 끓였다. 새알은 금방 익었다. 냄비 뚜껑을 닫지 않고 팥죽을 식혔다. 동지였다. 팥죽에 소금과 설탕을 쳐서 먹으며 밤을 보냈다.

동지 다음날은 크리스마스 이브였다. 민구와 팥죽을 먹었다. 민구는 잘 알고 지내던 조련사의 장례식에 다녀왔다. 민구는 팥죽을 먹다가 눈물을 뚝뚝 흘렸다.

_ 울면 안 돼. 산타 할아버지는 우는 아이에게는 선물을 안 준 대.

민구가 아이처럼 울었다. 식탁에서 민구의 머리를 끌어안고 오래 서 있었다.

크리스마스 아침에 머리맡에 선물이 있던 적은 별로 없었다. 나는 기대에 부풀어 잠들었다가 아침마다 실망했다. 어느 크리스마스에는 속이 상해 울었다. 소리를 죽여 우니까 엄마가 왜 그렇게 우냐고 물었다. 산타 할아버지는 우는 아이에게는 선물을 안 준대. 다음에라도 선물을 받으려면 울면 안 된다고 다짐하며 울음을 삼켰다.

엄마는 땀과 눈물로 젖어 볼에 달라붙은 머리카락을 귀 뒤로 넘겨줬다. 머리를 감겨주고 드라이어로 말려줬다. 머리를 땋아주면서 이야기를 들려줬다.

산타 모자 안에는 닭이 숨겨져 있다.

닭이 졸며 걷는 산타의 대머리를 콕콕 쪼면 산타는 눈을 뜬다. 산타와 루돌프는 부엉이나 박쥐가 활동하는 시간이 익숙지 않다. 닭도 그렇다. 할아버지와 사슴과 닭은 서로의 잠을 걸으면서 하얀 밤을 보낸다. 단잠은 성가시게 엉겨붙고 아이들이 잠들어 있는 침대는 끝도 없이 이어져 있다.

성질 급한 닭이 해가 뜨기도 전에 울어버린다. 성질이 급해서가 아니라 졸린 눈에 밝은 달을 해로 착각했는지도 모른다. 닭이 울면 부엌이 열리고 밥 짓는 냄새에 아이들은 칭얼거린다. 자루에는 선물이 남았지만 닭이 울면 그들은 떠나야 한다.

할아버지와 닭이 잠들어 있는 썰매를 사슴이 졸면서 끌고 간다. 그들은 굴뚝에 갇히는 꿈을 꾼다. 눈뜬 아이를 본 적 없는 산타가 눈뜬 아이들의 꿈을 꾼다. 산타는 미간을 좁히고 자루를 힘껏 붙잡는다. 닭이 울어서 그들은 떠나버렸다. 우는 아이에게 줄 선물이 없어서가 아니다.

그 이야기를 좋아했다. 엄마가 지어낸 이야기였지만 거짓말은 아니었다. 엄마의 이야기를 듣고 나면 마음이 풀어졌다. 예쁘게 땋은 머리 끝에는 파란 리본이 달려 있었다. 아빠는 저녁에 케이크를 가져왔다. 텔레비전에서 해주는 〈나 홀로 집에〉를 다 같이 보면서 케이크를 먹었다.

드라큘라를 만나러 동물원에 갔다. 드라큘라가 나를 들쳐업고 담 안으로 들어갔다. 달이 컸다. 우리는 동물위령비를 지나 숲으로 들어갔다. 그의 얼굴이 진지해서 우스웠다. 내가 웃으니 그도 웃었다.

_ 웃지 마.

_ 안 웃었는데요.

_ 내가 그렇게 좋아?

_ 좋아서 웃는 거 아니거든요.

우리는 우리 식대로 헤어졌다. 내가 먼저 돌아섰다.

_ 그렇게 가려고?

_ 내가 어떻게 잡아요.

그 이상으로 애를 쓸 수는 없었다. 나는 주저앉았다. 일어설 기운이 없다고 투정을 부려봤다. 손을 내밀자 마지못해 내 손을 잡고 일으켜주었다. 나는 그 손을 놓지 않았다.

_ 마지막으로 놀이 하나 하고 헤어질까?

드라큘라가 내 눈을 가렸다. 천으로 단단히 묶었다. 암흑이었다. 박수소리가 들렸다. 엉거주춤하게 서서 박수를 치고 있을 그가 상상이 돼서 허리가 휘어지도록 웃었다. 박수소리가 귀에 바짝 다가왔다. 사방을 더듬었다. 박수소리가 멀어졌다. 다가갈수록 멀어지더니 나중에는 들리지 않게 됐다.

_ 거기 있어요?

바람소리만 들렸다. 눈을 가렸던 천을 풀었다. 눈앞에 고양이 머리가 있었다. 얼굴 큰 고양이가 나무 위에 앉아 있었다.

_ 체샤, 오랜만이네요. 정말 반가워요.

_ 밤에 이런 곳에서 뭐하는 거야.

_ 심심해서 놀러 왔어요. 놀아주던 사람이 가버렸네요.

_ 그럼 나랑 놀아.

고양이는 나무에서 내려오려고는 하지 않았다. 우리는 얘기를 좀 하기로 했다.

_ 사랑을 하고 있어?

_ 모르겠어요.

_ 누가 있구나. 뭘 모르겠는데?

_ 내가 그 사람을 사랑하는지.

_ 그걸 왜 몰라. 어떤데?

134

_ 하루 종일 그 사람이 보여요.

_ 그럼 사랑하는 거지.

_ 모르겠어요. 내 감정을 믿을 수 없어요. 그 사람 없이도 살 수는 있을 것 같은데 겨우 이 정도가 사랑일까요?

_ 좋아하는 걸 대봐. 무엇이든지.

레몬, 구름, 사람, 달리기, 빛, 아이스크림, 관. 끝없이 생각이 났다. 하지만 그 정도로 좋아하는 건 천 가지도 댈 수 있었다. 결국 아무 대답도 하지 못했다.

_ 꿈은 있어?

_ 없어요. 그저 무엇이 옳은지 알고 싶어요.

체샤의 노란 눈이 나를 응시했다.

_ 나는 아무것도 몰라요.

나는 그가 무언가라도 알려주기를 바라면서 초조하게 말했다.

_ 너는 아무것도 모르는 게 아니야. 하나만 말해줄게.

체샤의 눈은 흔들리지 않았다. 언젠가, 넌 나도 지금 이 순간도 환상이라고 생각하는 것 같은데, 하고 말했을 때와 똑같은 눈이었다.

_ 너 자신을 아세요.

나는 당황했다.

_ 자기 자신을 정말로 아는 사람이 있기는 할까요.

그렇게 되물었을 땐 이미 그가 사라진 후였다. 나는 숲에서 걸어나왔다. 눈이 내리고 있었다. 세상이 온통 하얗게 빛났다. 달빛이 눈에 반사되어 길이 환했다.

넌 너의 말들을 믿어? 민구가 그렇게 말한 이후로 나는 부끄러웠다. 나는 나의 말들을 믿지 않았다. 현실은 소문이었다. 믿을 수 있는 것은 남아 있지 않았다. 현실과 환상은 구분되지 않았고 삶과 죽음은 뒤엉켰다. 모든 것이 이상했다. 내가 살아 있는지 죽어 있는지 살고 싶은지 죽고 싶은지 알 수 없었다.

내 모든 말들은 거짓말이었다. 그러나 그 외에 어떤 말을 할 수 있는지 알 수 없었다. 들려오는 말들은 스쳐 지나갔다. 믿을 수 있는 말은 없었다. 말들이 지나가고 난 뒤에 나는 부끄러워졌다. 매일 밤 창문에서 뛰어내리고 싶었다. 그리고 밤이 지나가면 다시 너무너무 많은 말들을 뱉어냈다.

나는 눈길을 지나 택시를 잡아탔다. 갑자기 내린 폭설이라 택시 잡기가 쉽지 않았다. 택시비가 모자라서 중간에 내렸다. 언덕길을 오르내리며 집으로 걸어갔다. 달은 밝았고 나는 부끄럽지 않았다.

서울을 떠났다. 제주공항에서 바로 우도로 갔다. 우도로 들어가는 배 안에 서 있다가 배가 흔들려서 쇠기둥에 부딪힐 뻔했다. 항구에 뱃사람들이 있었다. 뱃사람들의 눈은 단단하고 거칠었다.

섬에 들어가니 이미 어두워진 뒤였다. 민박을 잡았다. 민박을 소소하게 하고 있는 할머니는 작은 방에서 땅콩을 까고 있었다. 열린 문 사이로 들여다보이는 방 가운데에는 껍질을 까지 않은 갈색 땅콩이 수북이 쌓여 있었다. 텔레비전 소리가 들렸다. 같이 땅콩을 까고 싶기도 했지만 그냥 불을 끄고 잤다. 내가 잠든 곳은 할머니의 침실이었다. 할머니는 내게 침실을 내어주고 땅콩을 까던 방에서 밤을 보냈다. 그다음 날 우도에서 나왔다.

낮에는 대부분 걸었다. 처음 며칠은 바람이 셌다. 눈보라 치는 항구에서 뒤로 걸었다. 초저녁에는 잠을 자고 밤이나 새벽에는 텔레비전을 봤다. 케이블 채널을 돌리다가 에로물을 보면서 폭소하기도 했다. 엉뚱한 상황과 천진한 대사에 넘어갔다.

어디로 가나 감귤 인심이 후해서 피가 노래지도록 귤을 까먹었다. 걷다가 멈춰 서서 노래를 부르다 놀다 가다 했다.

터미널 옆 여인숙은 태어나서 자본 방 중 가장 허름한 곳이었지만 여행중에 묵은 곳 중에서 그렇게 바닥이 뜨끈했던 곳이 없었다.

이중섭 거리 근처 모텔은 조금 비쌌지만 욕조가 너무 아늑해서 이틀이나 묵었고, 그 이틀 동안 저녁 열시면 드라마를 봤다. 드라마를 보기 전엔 민구와 전화통화를 했다.

항구 근처의 호텔들은 훈련 온 운동선수들 때문에 남아 있는 방이 없었다. 운동선수들은 모두 소년들이었는데, 공원에서 농구를 하기도 하고 자유시간에 길거리를 돌아다니기도 했다.

성산봉을 우습게 보고 준비 없이 갔다가 얼마 못 올라가 구르고 말았다. 얼굴이 왼쪽에만 멍이 들어서 아수라 백작이 됐다. 속이 비어 있었다. 남원포구 쪽에 있는 작은 분식집에서 순댓국밥을 먹었다. 입에서 김이 나고 뱃속이 뜨끈해졌다. 밖에는 싸락눈이 내리고 있었다.

밤바다에 뜬 별이 보고 싶었는데 결국은 숙소 앞마당의 밤하

늘만 바라보다 전기장판 깔린 요 속으로 들어가버렸다. 제주에는 별이 많았다. 마지막 날 밤이었다.

가게를 열었다. 며칠이 지났다. 우체국장님이 와서 관을 주문하고 갔다. 영정사진을 찍은 김에 관도 미리 맞추는 거라고 했다. 아주 천천히 관을 만들었다. 가끔 우체국장님이 들러서 다 됐는지 물어봤다. 매번 기장이 긴 보라색 코트에 모자와 머플러까지 갖추어 입고 오셨다. 동네 사람들도 지나가다가 가게에 들어와서 우체국장님의 관이 얼마나 됐느냐고 물어봤다. 나는 아직 멀었다고 대답했다. 그러나 만들 관이 하나뿐이어서 겨울이 지나기도 전에 일은 끝나버렸다. 우체국장님의 며느리가 와서 관을 찾아갔다.

엄동설한이 지났다. 부동산에 가서 가게를 내놓았던 것을 물렀다. 겨울에는 죽음이 늘어난다. 노인들과 동물들이 떠난다. 손님이 조금 늘었다. 민구는 복직됐다. 민구가 바빠져서 거의 만나지 못했다.

담 너머 이웃집에서 검은 비닐봉지가 날아왔다. 봉지를 열어보니 모종이 들어 있었다. 모종을 화분에 심었다. 무엇이 피어날지 궁금했다.

햇살이 따뜻해서 장을 보러 나갔다. 마트 가는 길에 현수막을 봤다. 전국노래자랑 현수막이었다. 동네 초등학교에서 촬영을 한다는 광고였다. 집에 가서 장바구니를 정리하고 다시 나갔다. 녹화를 시작하는 시간은 한시였다. 초등학교 운동장에 들어갔을 때는 네시가 넘어 있었다.

운동장 스탠드에 앉았다. 십대 아이들이 운동장으로 들어서고 있었다. 송해 아저씨 없어? 아까 갔지. 아까 갔구나. 인부들이 무대를 해체하고 있었다. 무대가 조립식일 줄은 지금까진 생각해본 적이 없었다.

무대 양옆으로 천막이 두 개씩 네 개가 있었다. 흰 천막 꼭대기에는 붉은 깃발과 파란 깃발이 꽂혀 있었다. 깃발이 바람에 나부꼈다. 무대 앞에는 파란 의자들이 놓여 있었다. 오십 개쯤 됐는데 앉아 있는 사람은 없었다. 의자들은 색이 탁하게 바래 있었다. 의자들 사이에 파란 트럭이 대기하고 있었다. 조금 떨어져 있는 트럭이 워낙 커서 의자들 사이에 있는 파란 트럭은 아주 작아 보였다.

망치질 소리가 들렸다. 날이 쌀쌀한데 반팔셔츠를 입은 남자도 있었다. 그가 아이스크림을 먹고 하자며 다른 이를 불렀다. 젊은 인부들은 부지런히 망치질을 했다. 무대 가운데 서서 지휘를 하고 있던 남자가 트럭을 불렀다. 인부들이 못을 빼둔 나무판자를 트럭에 실었다. 무대가 조금씩 줄었다. 별로 티는 나지 않았다.

한눈팔고 있는 사이 천막 하나가 사라져 있었다. 그리고 또하나가 없어졌다. 천막이 내려지는 과정을 놓치지 않으려고 눈을 모으고 있었다. 그러나 세번째 천막도 어느새 접혀 있었다.

운동장에는 농구대가 여섯 개 있었다. 농구대 밑에서 키가 큰 남자아이들 몇이 싱겁게 농구를 하고 있었다. 인부들은 아이들을 신경쓰지 않았다. 아이들은 인부들을 힐끔거렸다. 인부들은 허리에 작은 공구가방을 차고 있었다. 그들은 익숙한 동작으로 무대 위를 오갔다. 지휘를 하고 있던 남자가 함께 판자를 날랐다. 어린 인부가 전국노래자랑 타이틀이 붙어 있는 단상을 들고 갔다.

목장갑을 낀 남자들을 보다 마지막 천막을 아예 놓칠 뻔했다. 천막을 지탱하는 철봉이 금방 빠졌다. 눈앞에서 너무 순식간에 사라져버려서 보지 않은 거나 다름없었다. 하얀 천을 인부 두 사람이서 접었다. 그들은 천막을 접어서 내려놓고 다시 무대로 올라갔다. 바람이 불어서 바닥에 놓여 있던 천막이 펄럭거렸다.

유모차를 끌고 산책 나온 여자들이 무대를 잠깐 구경하다 갔다. 교회에서 전도 나온 여자들이 운동장을 서성이던 어린아이에게 말을 걸었다. 인부들은 부지런했지만 천천히 움직였다.

운동장이 비었다. 인부들은 트럭을 타고 떠났다. ■

수상소감

거짓말

당연히, 이것은 수기(手記)이다.

농담

10월의 어느 날에 햇볕이 하도 좋아서 땡땡이를 치고 동물원에
갔다. 사슴 우리에는 하얀 사슴도 있고 점박이도 있었다. 사슴이
예뻐서 한참을 보다가 옆에 있던 아저씨에게 저중에 어떻게 생긴
것이 꽃사슴이냐고 여쭤봤다. 아저씨는 동물원 마크가 들어간 모
자를 쓰고 있었다. 아저씨는 점박이가 꽃사슴이라고 알려주셨다.
아저씨의 말을 받아적었다. 뭘 하게요. 글을 쓰려구요. 망설이다
가 대답했다. 수줍었다.

작가예요?

학생이에요.

뭘 쓰려구요?

소설이요.

베스트셀러를 쓰려구요?

아저씨가 농담을 했다. 우리는 웃었다. 사슴 우리를 나가는 길에 잠깐 설렜다. 그렇게 시작됐다.

오래된 농담
사랑과 평화와 자유와 진실

촌스러워도, 진담

초면에 부담스럽게 고백은 무슨.

그래도 고백하자면 떼를 이루는 빛나는 점들을 오랫동안 동경해왔다.

나를 스쳐간 사람들은 모두 떠돌고 있었고 점이면서 빛이었다.

오래 품고 있던 마음을 전하려 매일 조금씩 썼다. 마지막 문장을 쓰고 나니 다음이 생겼다. 나에게 다음 같은 것이 생길 줄은 몰랐는데 신기하고 고맙다.

연애소설, 그것도 판타지 로맨스를 수상작으로 결정해주신 네 분 심사위원들께 감사드린다.

한참 헤맬 때 도움 주셨던 김도연, 최수철, 유문선 선생님께,

선생님으로도 작가로도 인간으로도 존경하는 윤성희 선생님께,

같이 이 소설을 써준 스터디 친구들에게(네가 좋아한다던 페터 회의 소설을 읽고 있어),

미처 이름을 써주지 못하는 친구들과 부모님과

나이면서 나와 가장 다른 타인인 종재에게 사랑과 감사를 전한다.

권희철(문학평론가)

하상훈씨의 『아프리카의 뿔』은 마지막까지 경쟁한 세 작품 가운데서도 가장 모범적인 장편소설이라고 부를 만했다. 우리에게는 별로 알려져 있지 않은 소말리아에 대한 자료들을 성실히 추적하면서 언론이 유포시키는 소말리아 해적들의 이미지(죄의식이 결핍된 시대착오적 악당들)에 맞서 스스로를 '소말리아 해병대'로 지칭하며 제국주의자들과 싸울 수밖에 없는 소말리아의 역사에 접근하려는 노력을 보여주고 있다는 점, 이러한 접근이 선한 피해자와 악한 가해자의 이분법으로 단순화되지 않도록 소말리아 내부의 균열과 갈등의 지형도 또한 섬세하게 관찰하고자 한 점, 소말리아 해적들의 원양어선 납치에서 미군 함정과의 전투에 이르기까지 세세한 디테일들을 설득력 있게 형상화하고 있다는 점. 이 세 가지 방향에서 모두 성공을 거두고 있다는 점에서 『아프리카의 뿔』을 뛰어난 장편소설로 인정할 수밖에 없었다. 왜 이런 이야기들이 우리말로 쓰여져야 하는가에 대한 지적도 있었지만, 오히려 이 점에서 이 작품의 특징을 찾을 수도 있으리라는 생각이 들었다. 이제 한반도 내의 사건들과 역사들을 관찰하는 소설적 시야가 협소하다고 느끼는 세대가 등장하고 있음을 여기서 예감할 수 있다면 어떨까.『아프리카의 뿔』안에서 우리의 현실을 찾아볼 수 없다는 인상을 받게 되는 것은 이 작품의 시점이 인공위성의 높이에서 지구적 관점을 제시하고 있기 때문일 텐데, 그것은 현실과 동떨어진 이야기라기보다는 현실을 더 큰 맥락 속에서 이해하려는 관점일 수도 있을 것이다. 소말리아 해적들의 원양어선 납치라는 국제관계 속에 우리의 현실이 끼어들어가고 있음을 혹은 거기에서 우리의 어떤 현실이 은폐되고 있음을 알아차리고 있는 이 작품은 우리가 현실을 이해하는 또다른 관점을 자극하고 있지 않은가.

　개인적인 경험을 고백하는 것이 허락된다면, 일단 심사자가 되고 나면 도무지 응모작들을 제대로 읽을 수가 없다는 점에 대해 말해두고 싶다. 응모작들의 수준이 형편없다고 느끼게 된다거나, 응모작이 너무 많아 읽을 시간이 부족하다는 이야기를 하려는 것이 아니다. 일단 심사를 해야겠다고 생각하고 나면, 그때부터는 응모작에 대한 이러저러한 논평들과 어쩌면 내가 잘못 읽는 바람에 중요한 작품을 놓칠지도 모른다는 불안감이 한꺼번에 떠드는 바람에 내 목소리의 방해를 받아 작품 속으로 빠져드는 일이 쉽지 않다는 말이다. 아마도 심사하기에 나의 자질이 부족한 탓이겠지만, 이런 경우에도 심사가 불가능하지는 않다. 어떤 작품들과의 만남은 내가 작품의 순위를 매기고 있다는 사실 자체를 잊게 하고, 읽기를 방해하는 시끄러운 나의 목소리를 침묵하게 할 때가 있다. 어떤 작품이 내가 심사중이라는 사실을 잊게 만드는 순간, 그 작품이 나의 심사를 통과하는 것이다. 이종산씨의『코끼리는 안녕,』이 그런 경우였다.『코끼리는 안녕,』이 내가 더이상 떠들지 못하도록 만든 그 지점, 드라큘라와 마리의 대화가 시작된 그 지점을 뭐라고 말할 수 있을까. 두 사람의 대화에는 언제나 약간의 비약, 약간의 어긋남이 포함되어 있다. 이 때문에 말과 말 사이에 미묘한 긴장이 발생하고 이 긴장의 압력이 대화가 끊기지 않게 한다. 무라카미 하루키는 한 인터뷰에서 대화가 쓸데없이 끝나지 않게 하는 것이 중요하다고 지적한 적이 있는데, 아마도『코끼리는 안녕,』이 그에 대한 적절한 사례가 될 수도 있겠다. 하지만 그보다 더 중요한 것은 매우 적절한 시점에서 대화를 끝내는 것인지도 모른다. 이 점에서도『코끼리는 안녕,』은 특별한 감각을 발휘한다. 결정적인 것을 말해야 하는 자리에서 딴청을 부리며 대화를 중단시키거나 화제를 전환하는 방식으로, 이 작품은 말하지 않은 채로 무엇인가를 강조할 줄 안다. 이 독특한 어법 때문에 이 작품은 드라큘라와 마리 사이의 미묘한 연애감정의 그물망 안으로 독자들을 유혹하는 데 성공한다. 그러나 그것만으로 되는 것일까. 이것이 장편소설로 분류되는 이상 무엇보다 어떤 이야기의 흐름이 우선되어야 하는 것이 아닌가. 아마도 그럴 것이다. 그럼에도 나의 침묵의 체험은 이종산씨에 대한 나의 선택을 포기할 수 없게끔 강요하고 있었다. 저 매력적인 대화들은 여기에 어떤 서사의 힘이 결핍되어 있는 것이 아니라, 우리가 아직 잘 모르는 새로운 스타일의 이야기가 시작되고 있는 것이라는 강력한 예감을 갖게 만들었기 때문이다.

하상훈, 이종산 두 작가의 탄생을 진심으로 축하한다.

서영채(문학평론가)

심사에 임하다보면 견해나 취향의 현격한 차이 때문에 놀라게 되는 경우가 종종 있다. 이번 심사 역시 그랬다. 심사과정에서 논란의 대상이 되었던 작품은 『아프리카의 뿔』 『105B』 『코끼리는 안녕』 세 작품이었다. 길고 힘든 논의 끝에 결국 『코끼리는 안녕』과 『아프리카의 뿔』이 공동 수상작으로 결정되었다.

수상작으로 선정된 두 작품이 모두 특별한 장점들을 지니고 있다는 점은 부정할 수 없다. 하상훈씨의 『아프리카의 뿔』은 소말리아 해적들의 이야기를 정공법으로 다룬 소설인데, 서사의 초점화자가 소말리아 청년이다. 이십대의 대학생이 이런 이야기를 책한 권의 분량으로 솜씨있게 다루어낸다는 것 자체가 내겐 경이로웠다. 이 작품에서 보여준 재능과 집중력이라면 그의 작가로서의 밝은 가능성을 점치기에 충분해 보였다. 또 이종산씨의 『코끼리는 안녕』은 서사의 새로운 감각이라는 점에서 매우 뜨거운 지지를 받았다. 비록 거기에 동의할 수는 없었지만, 내가 인정할 수 있는 사람들에게서 그런 강력한 지지를 받을 수 있다는 것 자체를 높이 평가하지 않을 수 없었다. 이종산씨가 앞으로 써낼 작품들이 차차 나를 설득해주리라고 믿는다.

윤대녕(소설가)

하상훈씨의 『아프리카의 뿔』이 당선작으로 뽑힌 것은 대학생으로 짐작하기 어려울 정도로 이야기의 스케일이 크고 주제가 묵직하다는 미덕 때문이었다. 몇 년 전 소말리아 해적들에 의해 납치된 동원628호 사건을 모티프로 삼은 이 작품은 강대국의 지배욕망에 의해 약소국이 일방적으로 피해자로 전락하거나 경제적으로 이용되는 현실을 박진감 있게 그려내고 있다. 미국 군함이 인질들이 타고 있는 동원호를 폭파시키고 소말리아 해적의 소행으로 발표하는 장면이 그러하다. 또한 이 작품을 쓰기 위해 작가가 자료조사를 포함해 소말리아의 역사에 대해 관심을 가졌던 흔적도 평가할 만한 대목이다. 마지막 장면의 반전도 주제를 효과적으로 부각시키고 있다. 그런데 내가 이 작품을 애초에 당선작으로 염두에 두지 않았던 것은 진부한 구성방식과 특히 전반부의 느슨한 전개 때문이었다. 또하나 마음에 걸렸던 점은 바로 시점의 문제였다. 이 소설은 서사의 주체가 소말리아 해적이면서 동시에 17세 소년(모하메드 이브라힘)이 화자의 역할을 맡고 있다. 소설 양식에서 이야기의 주체는 본질적으로 모국어를 사용하는 작가이다. 말하자면 주체의 확보를 통해 비로소 이야기가 시작되어야 한다. 그렇다면 납치된 동일13호의 선원들이 서사 주체가 되어야 하지 않겠냐는 것이 평소의 내 소설론적 믿음이었다. 그러나 이 작품을 당선작으로 밀었던 심사위원은 관습화된 시점의 틀을 벗어나 새로운 시도를 보여주고 있다는 점을 오히려 긍정적으로 평가했다.

이종산씨의 『코끼리는 안녕,』은 단문으로 이어지는 매우 감각적인 문장을 구사하고 있다. 작가 자신이 '판타지 로맨스'로 명명했듯 이 작품은 현실과 환상적인 요소를 재치있게 겹쳐놓으면서 '자기가 만들어낸 환상의 세계에서 살고 있는 사람들'의 이야기를 하고 있다. 허언증을 앓고 있으면서 관을 만드는 것이 직업인 주인공 마리, 버림받은 후에도 그 사랑의 환상을 찾아 떠도는 드라큘라, 그를 사랑하는 미라, 동물원 조련사 민구 등등의 인물이 정령처럼 등장해 마치 한 편의 동화 같은 이야기를 들려주고 있다. 나는 에피소드식으로 나열되는 이야기의 연결이 부자연스럽게 다가오고, 또 긴장을 유지하는 유기적인 힘이 약하다고 판단해 이 작품을 당선작으로 뽑는 데 선뜻 동의하지 않았다. 또한 소설의 현실 연관성에 대해 생각하면서, 이 작품이 보편적인 공감대를 이끌어낼 수 있을지에 대한 의구심에 시달렸다. 하지만 심사위원 다수의 의견은 이 작품이 가진 독특한 상상력과 참신함을 높이 평가하면서 앞으로의 가능성에 무게를 두는 분위기였다. '너무나 단순하고 복잡해서 이해할 수 없는 이야기'일 수도 있는 이 소설은 어쩌면 전혀 새로운 감각의 출현을 뜻하는지도 모른다. 그렇다면 또다른 세대감식의 표현으로 해석할 수도 있을 것이다.

이번 심사과정을 통해 나는 신인작가의 탄생에는 어느 정도 운명적 요소가 작용한다는 것을 새삼스럽게 깨달았다. 앞으로 더좋은 작품을 쓸 수 있는 작가로 거듭나기를 바라며, 두 분 당선자에게 진심으로 축하를 보낸다.

편혜영(소설가)

하상훈씨의 『아프리카의 뿔』은 부르하안이 이끄는 소말리아 해적단이 '동일13호'를 납치하면서 벌어지는 이야기를 다룬 작품이다. 읽는 동안 탁월한 이야기꾼의 자질에 자주 감탄했다. 치밀하게 자료조사를 하여 소설로 빚기까지의 노고와 작가의 공력이 고스란히 느껴지는 작품이었다. 인물을 형상화하는 능력도 빼어나서 소설을 읽으면서 모하메드 이브라힘이라는 소말리아 해적단 막내 소년의 너스레를 떠는 말투와 낯을 쥔 모습이 생생하게 그려지는 듯했다. 작가는 자칫 주변부로 소홀하게 다루기 쉬운 인물들에게도 각별한 애정을 쏟아, 누르딘이나 압드라만, 압켈과 오마르 같은 인물들도 생동감 있는 캐릭터로 탄생시켰다. 그 덕분에 이 인물들이 타고 두 달간 바다를 떠돌게 되는 '동일13호'는 인간사의 생존과 죽음, 갈등과 음모, 탐욕과 이기가 한데 버무려진 매력적인 공간이 되었다. 소말리아 해적단의 지난한 모험을 세계

정세에서 소외된 변방의 이야기나 역사의 일부로서 증언하는 데 그치지 않고 한반도에 사는 우리들의 이야기로 환원해낸 솜씨가 매력적이었다. 남들은 다 총을 가지고 있지만 기껏 낫을 가지고 있고, 분노할 때면 고작 낫을 쥔 손에 힘을 주는 게 전부였던 모하메드가 소설 속 사건을 통과하면서 강인한 전사로 살아남아 결국 총을 쥐게 되는 과정에 동참하다보면, 이 소년의 처참한 성장담이 머나먼 소말리아 해적단의 이야기로서만이 아니라 역사와 거대 권력의 모략 앞에서 무참히 짓밟힐 수밖에 없는 나약한 개인의 이야기라는 것에, 그러므로 주변국 정세에 휘둘리고 강대국의 논리에 좌우되는 우리나라의 이야기이기도 하고 바로 볼품없는 '나'의 이야기이기도 하다는 것에 수긍하게 된다. 그런 점에서 소설 초반부를 읽으면서 드는 의문, 왜 하필 지금 뜬금없이 머나먼 나라의 해적 이야기를 다루어야 하는가라는 생각이 말끔히 해소된다. 실패가 자명한 소말리아 해적의 노략질은 이 시대를 살아가고 있는 한 나약한 개인의 투철한 생존기에 다름아니니까. 소설 초반부에 나열된 다수의 낯선 등장인물들 때문에 진입이 다소 어렵기는 했으나 중반으로 갈수록 간명하고 하드보일드하게 사건을 전달하는 문장에 빠져들게 되고, 사건이 긴박하고 흡인력 있게 전개되는 것도 크나큰 매력이었다. 그러나 주제나 소재를 다루는 방식, 사건 전개와 구성 등이 지나치게 능수능란한 것이 오히려 마음에 걸렸다. 새로울 것 없는 감성과 휘발된 세대의식 같은 것도 걸렸으나, 이 작품의 장점은 그러한 우려를 불식시켰다. 탄탄한 구성과 안정된 문장력, 거침없는 전개와 내공이 엿

보이는 성실함 같은 것들은 작가적 자질에 있어서는 한 치의 의심도 없는 것들이었다. 이 작가의 빼어난 역량과 성실함에 아낌없는 박수를 보낸다.

이종산씨의 『코끼리는 안녕』은 간명하게 보면 드라큘라와 '마리'라는 인물의 담백하고 무덤덤한 연애소설이다. 여기에 말하는 코끼리 살해사건이 얽혀들어가면서 마리가 뜻하지 않게 누명을 쓰는 이야기와 드라큘라와 그의 연인 '미라'의 과거사가 중첩되어 전개된다. 이 작품은 구성이 다소 허술하고 작법상 정교하지 못한 구석이 많아 후반부로 갈수록 공백이 보였다. 드라큘라의 진술에 의존해서 환생과 그의 도서관, 거기에 얽힌 현대사를 풀어나가는 장면이나 죽은 코끼리의 배후인 존이 등장하는 장면에서는 서사의 중심이 다소 흔들리는 느낌이었다. 작가가 소설을 많이 써본 사람이라는 믿음을 주지도 않았고, 다정하고 따뜻하게 느껴지지만 말의 재치가 전부인 것처럼 오해될 여지가 있는 문장도 많았다. 그럼에도 불구하고 나는 이 작품이 주는 따뜻한 거짓말의 감각에 대한 신뢰를 놓지 못했다. 이 작가가 구사하는 낯선 감각과 문장이 주는 매력은 작품의 구성적 허약함과 명확하지 않은 디테일들에 대한 우려를 거뜬히 잠재울 만한 것이었다. 이 소설의 매력은 서사 자체에 있다기보다는 서사를 이끌어가는 작가의 독특한 발성과 무심한 감성에 있다. 슬픔과 우울이, 고독과 유머가, 분노와 무심이 한데 버무려져 압축된 문장들에서는 분노와 절망, 희망이 무화된 이 시대 젊음의 무표정과 무덤덤함이 엿보였다. 이 소설에 나타나는 현실은 우회적이고 간접적이지만, 그래서 직접적으로 현실을 발화하는 여타 소설에 비해 허황되고 낭만적인 것처럼 보이기도 하지만, 나는 이 소설에 드러나는 인물의 무심과 고독, 계속되는 거짓말의 감각이야말로 현재적이고 현실적인 것이라고 생각되었다. 가죽과 상아를 얻기 위해 말하는 코끼리를 죽여버렸다는 누명을 쓰고 검찰 측의 거짓 진술에 어쩔 수 없이 동의하여 교도소까지 다녀오게 되는, 현실로부터 얼마간 부양한 서사에도 이내 동의하게 되었다. 짐짓 딴청을 피우며 말하는 인물들, 사랑하는 '미라'를 잊지 못해 끝없이 그 이야기를 반복하는 드라큘라, 버려진 것들에 애착을 보이는 민구, 드라큘라를 떠나 코끼리 뱃속에 들어가서 살게 된 미라 같은 인물들을 보면 이 작가가 말의 결을 다듬고 인물의 내면을 어루만져 정서를 창출하는 데 뛰어난 능력이 있다는 생각이 든다. 소설을 쓰려는 사람이 빼어난 이야기꾼이면 더할나위없이 좋겠지만, 이 작가는 소설의 감동이 본령인 이야기에서만 오는 것이 아님을 알고 있는 것 같다. 섬세하게 다듬어진 문장, 딴청을 피우며 진심을 숨기는 인물들의 대화, 썰렁하지만 따뜻하고 재치있는 유머, 호들갑스럽지 않게 그저 옅은 미소가 전부인 인물들을 따라가다보면, '말로 사귀지 않으니 친하'다는 드라큘라의 생각에 수긍하게 되고, '아무것도 아니었던 게 될 거라고 해서 아무것도 아니었던 건 아'닌 것처럼, 발화되지 않은 이면과 거짓말로 감춰진 내면에서 진심을 보는 웅숭깊은 시선을 느낄 수 있다. 마리와 드라큘라의 사랑이라는 것은 기실 시시하기만 해서 동물원을 산책하고, 기린을 보고, 물개쇼를 보고 드라큘라의 옛사랑 이야기를 전해듣는 게 전부이지만, 이들을 지켜보자면, 사랑이라는 것은 그저 이들처럼 서로 이야기 결을 쓰다듬어주고, 그리하여 서로가 나눈 이야기에 물처럼 고요히 스며드는 게 전부인지도 모른다는 생각이 들었다.

각기 다른 개성을 지닌 두 명의 수상자들에게 축하를 드린다.

오른손잡이의 왼손, 왼손잡이의 오른손

권희철

하상훈씨와 이종산씨의 공동수상이 결정됐을 때, 우리는 곧바로 수상자들을 불러 함께 축하해주기로 했다. 우리가 수상작으로 뽑을 수밖에 없었던 그 '물건'들을 만들어낸 사람들을 곧 만나게 되리라는 가벼운 흥분과 함께, 그들이 기뻐하는 모습을 옆에서 지켜보며 그들의 몫이 되어야 마땅한 그 기쁨을 조금쯤은 나눠가질 수 있으리라는 기대 같은 것도 있었던 것 같다.

하지만 두 사람은 그런 기대에 별로 부응해주지 않았다. 수화기 너머로 당선 소식을 전해들은 두 사람의 목소리는 예상외로 담담했고, 하다못해 '아!'나 '어머!'와 같은 평범한 감탄사도 없었다. 두 사람은 통화가 끝나고도 한참 뒤에야 도착했고, 생각만큼 기뻐하는 것처럼 보이지도 않았다. 수상자들과 함께 호들갑 떨 준비를 하고 있던 나는 조금 민망해지고 말았다. 오히려 잠잘 준비를 하고 있었다는 이종산씨의 저녁시간을 귀찮게 한 것은 아닌지, 도서관에서 과외 준비를 하고 있었다는 하상훈씨의 성실한 아르바이트를 방해한 것은 아닌지 싶어 미안해질 지경이었다 (그런데 잠을 자기 위해 필요한 준비라는 것은 무엇이었을까, 게 다가 저녁 여덟시부터 시작되는 준비라는 것은. 주말에 있을 과 외를 월요일부터 준비한다는 것은, 말로만 듣던 족집게 고액과외 같은 것을 하는 것일까).

이 주 뒤 인터뷰를 위해 파주출판도시에서 다시 만났을 때, 나 는 그날의 첫인상을 이렇게 회상했다.

"물론 작가와 작품 사이에는 항상 거리가 있게 마련이지만, 소 설을 읽으면서 소설가를 떠올리게 되는 것은 자연스러운 일인 것 같아요. 『아프리카의 뿔』을 읽으면서 나는 이 이야기가 굉장히 단 단하고 또 조직적으로 건축되어 있다는 인상을 받았어요. 게다 가 소말리아 역사에 대한 상당한 공부가 선행되지 않으면 만들 수 없는 이야기잖아요. 당연히 이 작가는 뭔가 근성이 있고 성실 하고 또 소설적인 근육이랄까 하는 것이 발달해 있으리라는 생각 이 들었어요. 하상훈씨는 수상 소식을 전하느라 전화했을 때 도 서관에 있었다고 했잖아요. 그래서 역시 근육을 단련하는 중이구 나 그런 생각이 들었어요. 이종산씨의 『코끼리는 안녕,』은, 이게 애틋하고 사랑스러운 연애 이야기인데, 연애 얘기를 결코 직접 하지 않아요. 화자가 능청스럽게 자꾸 딴말만 해요. 첫 장면이 이 런 식이죠. 뉴스를 보니까 말하는 코끼리가 나와요. 그래서 이 신 기한 코끼리를 보려고 마리가 동물원에 가겠죠. 어, 되게 희한한 코끼리다, 하면서 가는데 사실은 예전에 헤어진 남자친구가 보고 싶어서 가는 거잖아요. 이런 사정이 소설 어디를 봐도 직접 나오지 않는데, 결국 그렇게 느낄 수밖에 없게 해놨어요. 이 딴청이 이 소설의 결정적인 매력인데, 뭔가 말하지 않으면서 할 말을 다 하면서 특별한 느낌을 주는, 그러니까 이 소설을 쓰는 사람은 굉장히 의뭉스럽고 능구렁이 같은 사람일 거라는 생각이 들었어요. 그런데 실제로도 좀 그런 것 같았어요. 당선 소식을 듣고 나면 뭔가 좀 소리도 지르고 기뻐하며 달려올 법도 한데 담담한 얼굴로 택시비가 아깝다며 버스를 타고 느긋하게 오는 이 여자는 누군가. 역시 의뭉스러운 사람이라는 생각이 들었어요."

실제로 그런 느낌이었다. 성실하고 모범적인 도서관형 소설가 하상훈씨와, 도무지 속을 알 수 없는 표정을 하고 있어서 나를 긴장시켰지만 나중에는 엄청난 수다를 떨게 될 의뭉스런 소설가 이종산씨와의 인터뷰가 그렇게 시작됐다.

*

하상훈 저희 부모님은 맞벌이를 일찍부터 하셨어요. 또 형이랑 네 살 터울이니까 초등학교 삼학년만 돼도 형은 중학생인 거잖아요. 그래서 형도 많이 놀아주지 않은 것 같고. 제가 사교성이 좋았던 것 같지 않거든요. 친구가 있긴 했지만 여러 친구들과 두루 잘 어울렸던 건 아닌 것 같아요. 제 기억을 들춰보면 점심시간이나 쉬는 시간에 곧잘 혼자 있었어요. 사진을 봐도 모두 앉아서 웃고 있는데 저는 혼자 뒤에서 우유를 마시고 있고, 그런 게 남아 있어요. 그렇다고 부모님으로부터 사랑받지 않았던 것은 아니고요.

사랑받지 않았던 것은 아니지만, 뒷자리에 따로 떨어져 앉아 있는 소년으로 스스로를 기억하는 하상훈씨는 피라미드처럼 말이 없는 편이었다(내가 능숙한 인터뷰어였다면 이런 부분을 신경쓰면서 더 많은 이야기를 끌어내기 위해 노력했을 텐데 미처 그러지 못했다. 인터뷰가 끝나고 녹취록을 확인하고 나서야 하상훈씨가 묻는 것에 조금 대꾸하는 정도였다는 것을 알아차렸다).

하상훈 부모님 이야기를 잠시 하자면, 저는 소설 같은 걸 읽을 때 그런 생각 많이 했거든요. 이 주인공은 부모님의 영향을 왜 이렇게 많이 받을까? 저로서는 잘 이해가 안 됐어요.

그것이 부모라고 하더라도 혼자서 뭔가를 관찰하고 생각하고 결정하는 일을 방해하는 사람이 있다는 것은 납득하기 어려운 일이었을까? 자신 안에서 뭔가를 끄집어낼 수 있는 소중한 기회를 잃는 것이니까? 『아프리카의 뿔』의 모하메드가 세상과 마주 설 때 보이는, 부드럽지만 반항적인 눈빛 같은 것이 여기서 나온 것일지도 모르겠다는 생각이 들었다. 하상훈씨는 어려서부터 의젓하고 또 혼자서 뭔가를 관찰하고 생각하고 결정하는 일에 익숙한 듯했다. 말하자면 어디서나 혼자서 뒷자리에 따로 앉아 있어왔다는 듯이. 내가 인터뷰를 잘못 진행한 게 아니라면, 그런 사정이 그를 과묵한 청년으로 만든 것일지도 모르겠다는 생각이 들었다. 그러고 보니 이 주 전 나의 호들갑에 호응해주지 않았던 이 청년은 무심하다기보다는 의젓한 사람 같았다.

철없는 장난과는 거리가 멀어 보이는 이 청년에게 모범생이었느냐고 물었더니 그랬던 것 같다고, 그렇지만 대학생이 되고서는 그런 것으로부터 벗어나고 싶었단다.

권희철 그럼 대학생이 돼서 한 일탈은 어떤 게 있었어요? 사실은 그런 거 없었던 거 아니에요? 이 강의는 전공수업이지만 난 반항할 거야, 그러면서 한 학기 내내 딱 두 번 결석하고 뭐 그런 거 아니에요? (웃음)

하상훈 딱 그 정도인데. (웃음) 일탈이라고 하긴 그런데 '중국어 한자'라는 일학년 수업이 있었어요. 대학교 때 저는 준비되지 않은 상태에서 리포트를 내거나 시험을 보는 게 너무 싫었어요. 잘 볼 수 없으면 안 들어가고 싶었어요. 작은 일탈인데 새벽 내내 공부하고 시험은 안 들어가고 첫차 타고 집에 가는…… 그런 정도?

이건 너무 심한 모범생이 아닌가. 아니 이 비장할 정도의 진지함은 모범생의 그것과는 성격이 좀 다른 것일까. 왜 법관이나 의사가 되지 않고 작가가 되기를 꿈꿨는가 물었을 때 그의 답변은 확실히 모범생들의 것이라고 하기는 어려웠던 것 같다. 그는 고등학교 때 만난 친구들 사이에서 뭔가 '근본적인 이야기'를 하려고 했던 다소 철학적인 어떤 분위기, "우리는 우리가 상상할 수 있는 범위 내에서 뭐든 할 수 있다"는 말을 주문처럼 외우던 그룹에 대한 이야기를 해줬다. 이야기를 들으면 들을수록 그는 진지한 청년문사처럼 보였다.

하상훈 스무 살 때 책을 조금 읽었는데, 영화도, 소설도, 음악도 계보 없이 보고 듣는 편이에요. 그렇게 읽게 된 게, 저는 공부하기 위해 읽은 것이 아니라 저를 닮은 이를 만나기 위해 소설을 읽었거든요. 한강씨가, 읽고 싶은 소설이 있는데 그건 결국 내가 써야 한다는 사실을 깨달았다고 말씀하신 인터뷰를 본 적이 있어요. 저도 그것과 비슷한데, 저는 스무 살 무렵에 저를 닮은 주인공을 텍스트에서 만나고 싶었어요. 그런데 이건 나다, 라고 할 만한 인물을 찾을 수가 없었어요. 그러다 제가 써야겠다는 생각이 들었어요.

인터뷰를 진행하면서 하상훈씨에 대한 신뢰가 점점 커져 그가 "책을 조금 읽었는데"라고 하니 정말로 많이 읽었으리라는 생각이 들었다. 나처럼 읽은 게 얼마 없는 사람들은 책을 많이 읽은 사람을 만나면 한편으로는 무식이 탄로날까 걱정이 되면서도 또 한편으로는 은근히 상대방이 좋아지기도 하는 것이다. 하상훈씨의 독서편력에 대해 듣고 싶었지만 말을 아끼던 그는 도스토옙스키만을 조금 언급했다. 그는 도스토옙스키의 소설들을 가리켜 "인물들이 생생하게 살아 있다"라고 했는데, 그가 말하고자 했던 것은 오히려 사상 같은 게 아니었을까. 도스토옙스키의 어떤 인물들은 사상의 화신으로 등장한 탓에 뚜렷한 자기 위치를 부여받고 그 자리에서 굉장한 목소리로 떠들어대니까. 거기서 장엄한 대화나 길고긴 독백이 솟아나기도 하는 그런 장면들. 투철한 민족주의자와 개인주의적인 엘리트, 힘의 논리를 신봉하는 소년, 비열한 속물, 이슬람 근본주의자 등등이 한 배에서 서로 부딪치는『아프리카의 뿔』의 구도는 그런 인물=사상 들 사이의 대결을 재현하려는 시도였는지도 모르겠다.

*

이 진지한 청년에 비하면 이종산씨의 경우에는 뭔가 엉뚱한 매력 같은 게 있는 듯했다. 왜 그런 생각이 들었는지는 모르겠지만 혹시 외동딸인가 하고 물었다.

이종산 아니, 동생 있어요. 다른 사람도 다 외동딸인 줄 알아요. 제가 편애를 받는 편이에요. 딸 하나여서. 남동생도 저한테 되게 잘해줘요.

권희철 그렇게 사랑받는 이유가 뭐라고 생각해요?

이종산 그냥 다른 가족들이 착해요. 제가 좀 못됐어요. 그래서 하고 싶은 대로 하니까 다른 사람들은 잘해주는 편이에요.

권희철 하고 싶은 대로 한다는 게 어떤 거예요?

이종산 집을 나가요.

권희철 가출을 한다고요?

이종산 가출은 아니고. 부모님 허락 없이 집을 나가야 가출이 되잖아요. 엄마는 제가 하는 일에 반대 안 하세요. 아빠는 말씀을 안 하시고. 그냥 제가 뭔가 하고 싶을 때 하고 싶은 걸 다 해요. 아침에 엄마한테 전화해서 나 가야겠어, 이렇게 말하면 그럼 다녀와라, 그렇게 말해요.

권희철 집 나가서 주로 뭐해요? 어디를 다녀요?

이종산 그냥 돌아다녀요, 거리를. 많이 걷고 사람도 만나고 재 밌게 지내요. 또…… 터미널에 가서 아무 버스나 잡아타는 거라서 어디를 다녔던 건지 잘 기억나지는 않아요.

권희철 뭘 하고 재밌게 지냈는지 궁금해요.

이종산 그냥 걸어다녀요.

이 부분을 집요하게 물었지만 별로 얻은 게 없었다. 이종산씨는 심각한 사건을 감추고 싶어한다기보다, 정말로 "그냥 걸어"다녔던 것 같다. 『코끼리는 안녕,』을 읽으면서 가장 독특하다고 느낀 것, 분명히 어떤 사건들의 연쇄가 있는데, 그 사건들이 거대한 흐름을 만들지는 않고 오히려 그 위에 펼쳐지는 인물들의 미묘한 감정이나, 주위를 관찰하는 담담한 시선 자체가 강조된다는 점, 그것을 작가 자신에게서 다시 보는 것처럼 느끼는 순간이었다.

권희철 부모님을 제일 속상하게 했던 일은 뭐예요?

이종산 속상하게 안 해요, 잘.

권희철 집은 나가지만 결정적인 선은 넘지 않는다?

이종산 저 자신이 소심한 편이라 그렇게 위험한 일은 할 수가 없어요. 엄마가 땡땡이를 치라고 했어요. 학생 시절에는 그런 것도 해봐야 한다고. 그런데 한 번도 해보지 못했어요.

이 사람, 정말 이상한 집안에서 잘 자란 것 같다. 이종산씨가 들려준 이야기 중에서 가장 인상적인 것은 아버지의 비질 소리와 엄마의 거짓말(?).

이종산 어머니도 잔소리를 많이 안 하시는 분이긴 한데, 아버지는 이렇게 해라 저렇게 해라 그런 걸 하나도 안 하시는 분이에요. 항상 새벽에 일을 나가셔서 똑같은 저녁시간에 돌아오시거든요. 근데 항상 돌아오실 때면 밖에서 비질 소리가 들려요. 퇴근하실 땐 집 담 밑을 꼭 쓸고 들어오시거든요. 그 소리를 듣고 엄마가 아빠 오셨나보다, 그래요. 엄마는 이야기를 많이 들려주셨어요. 일단 제 이름에 관련된 전설(?)이 있는데, 되게 어렸을 때부터 그걸 들으며 자랐거든요. 저는 어릴 때 그게 진짜라고 생각을 했는데, 크고 나니까 엄마가 각색을 한 것 같아요. 너무 전설적이어서. 엄마 영향을 많이 받은 것 같고……

시계처럼 정확한 아버지의 비질 소리와 똑똑한 딸을 감쪽같이 속이는 어머니의 픽션들이 이종산씨의 독특한 균형감각의 토양이 아닐까. 그나저나 이름에 얽힌 전설이 어떤 것인지 궁금했다.

이종산　아, '종'자는 돌림자고 '산'은 고조할머니인가 하여튼 할머니 이름을 딴 거예요. 되게 긴데, 짧게 이야기하자면 그 할머니가 여장부셨대요. 저희 할아버지들은 대대로 나약하셨고 할머니들이 강했는데, 그중에서도 그분이 많이 드셨던 거예요. 식솔을 오십 명쯤 거느린 여장부인데 어느 날 호랑이가 집에 들어왔더래요. 할아버지는 무서워서 마루 밑에 숨고 할머니가 맨손으로 호랑이를 잡은 거예요. 그래서 그 호랑이 가죽을 벗겨 관아에 파셨대요. 그게 전설로 내려온다며 거기서 이름을 따왔다는 거예요. 아직 다른 친척들한테는 이야기를 안 해봤어요. 이게 진짜 있었던 일인지 엄마가 지어낸 건지 모르겠어요.

권희철　고조할머니면…… 대체 어느 시절에 호랑이가 집으로 들어오고 또 그 호랑이를 맨손으로 잡았다는 거예요?

이종산　고조면…… 꽤 옛날이야기죠. 제가 의구심을 가지고 엄마한테 고조라고? 그러니까 아니 증조인가…… (웃음) 엄마는 사기를 잘 치세요. 제가 삐치면 달래는 게 아니라 제가 넘어갈 수밖에 없도록 말을 만들어요. 나중에 들어보면 엄마가 머리를 쓴 거예요. 배신감 느껴요.

작가가 탄생할 수밖에 없는 훌륭한 가문이 아닌가.

하지만 이야기꾼 어머니에게 영향을 받은 것치고 『코끼리는 안녕,』이 이야기에 강점을 가지고 있다는 인상을 받지는 못했다. 그런 이야기를 꺼냈더니 이종산씨는 이게 이야기가 아니라면 무엇이 이야기란 말인가, 라며 반박했다.

이종산 소설가로서의 롤모델을 고르라고 한다면 폴 오스터와 성석제예요. 두 사람의 공통점은 이야기꾼이라는 거잖아요. 소설은 기본적으로 이야기라고 생각하고, 그래서 이야기꾼이 되고 싶은 것 같아요.

권희철 글쎄요. 나는 이야기꾼이라고 하면 어떤 사건이 솟아났다가 무너지는 굵직한 흐름을 만들어내는 재주가 떠올라요. 다른 한편으로는 그런 사건들의 흐름이 밋밋하더라도 그 사건을 전달하는 입담 같은 걸쭉한 목소리가 생각나기도 하고요. 그런데 『코끼리는 안녕,』의 경우에는 어느 쪽에도 해당하지 않는 것 같은데요. 『코끼리는 안녕,』의 작가가 이야기꾼이 되고 싶다고 하니 의외라는 생각이 드는 거예요.

이종산 이게 이야기가 아니라면…… 다른 분들은 이걸 뭐라고 생각하는 거죠?

권희철 종산씨가 생각하는 이야기란 무엇인지 먼저 듣고 싶어요.

이종산 떠돌아다니는 이야기들…… 원초적인 의미의 이야기라고 하면 사람들이 모였을 때 시간을 때우려고 할 수도 있고 어떤 이야기든 하잖아요. 남들이 듣고 나서 시간을 보낼 수 있는 이야기 있잖아요. 모여서 이야기를 할 때 내가 어젯밤에 외로웠어, 이런 이야기는 잘 안 하잖아요? 누가 이랬다더라 저랬다더라 하는 이야기들, 공감대를 얻을 수 있는 이야기들 있잖아요. 저는 그게 이야기라고 생각해요.

그런 파편적인 에피소드들의 흩어짐을 이야기라고 할 수 있겠는가? 『코끼리는 안녕,』에는 그런 흩어짐이 미묘한 분위기를 만들어내고 있고 그 미묘함 자체가 사랑에 빠진 사람들의 종잡을 수 없는 감정을 따라잡고 있는 것으로 읽혀서 나에게는 아주 인상적이었지만 그것을 이야기라고 할 수 있는지에 대해서는 선뜻 동의하기 어려웠다. 이종산씨에게 이야기가 없다거나 그녀가 이야기를 잘못 이해하고 있다는 말을 하려는 것이 아니다. 지금 이종산씨는 우리가 잘 모르는, 자신도 아직은 명쾌하게 해명하지는 못하는, 어떤 독특한 이야기를 꺼낼 준비가 된 게 아닐까.

이종산 저는 장편은 플롯 없이는 시작하지 않는다고 생각하거든요. 제 딴에는 치밀하게 짠 거예요. 대학소설상 발표를 보도하는 신문기사를 봤는데 제 소설을 두고 "스펙터클한 사건의 파도 없이도"라고 평한 구절이 있더라고요. 저는 그렇게 생각 안 했거든요. 사건이 되게 크거든요. 이 소설은 치밀한 플롯과 사건을 깔아두고 시작하는 소설이라는 거죠.

권희철 어딜 봐서요? (웃음) 어떤 부분이 스펙터클해요?

이종산 스케일이 되게 커요. 이 소설은 미국과 한국의 이야기를 다루고 있고요. 큰 비중을 차지하지 않게 됐지만, 코끼리의 죽음 때문에 마리가 궁지에 몰리고 그 안에서 마리와 주변인물들이 무죄를 입증하기 위해 진실을 찾으려 하고 있고요. 그 음모를 드라큘라가 밝혀내고…… 저는 작법 책, 시나리오 책 이런 거 보면서 할리우드 영화의 탄탄한 구조 이런 거 막 봤는데 결국에는 티가 안 나는 것 같아요. 제 안에는 어떤 서사가 있는데…… 저는 형식화된 구조를 좋아하는 편이에요.

『코끼리는 안녕,』에는 '존'으로 대표되는 미국과 한국의 정치적 관계가 밑그림으로 그려져 있고 그 위에 코끼리 살해사건이 있고, 또 그 위에는 드라큘라와 미라의 연애와 마리와 민구의 연애, 다시 그 위에는 드라큘라와 마리의 이별이 있고, 또 그 위에는 믿기 어려운 진실과 현실로 여겨지는 거짓말에 대한 성찰들이 뿌려져 있다. 게다가 드라큘라가 불사의 존재라는 점 때문에 그가 겪은 일제시대와 해방 공간, 한국전쟁, 군부독재 등등에 대한 삽화들까지 등장하면서 자유의 요구와 그에 대한 억압이라는 구도까지 시야에 들어온다. 그렇게 놓고 보면 『코끼리는 안녕,』에는 이야기가 없는 것이 아니라 너무 많은 이야기가 복잡하게 얽혀 있는 것인지도 모르겠다. 하지만, 그렇다고 해도, 그게 할리우드식 웰메이드 필름의 플롯을 가리켜 보인다고? 이종산씨는 할리우드 영화의 스토리들에서 어떤 걸 보고 있는 걸까.

하상훈씨에게 『코끼리는 안녕,』을 읽은 소감을 물었다.

하상훈 좋았어요. 제가 문체에 대한 자신감이 적은데, 이런 담담하고 깔끔한 글이 좋더라고요. 귀엽단 생각을 많이 했어요. 앞에서 이야기했던 웅대한 서사라는 건 잘 모르겠지만 제 생각으로는 종산씨가 쓰면서 소설을 종산씨화(化)시킨 게 아닌가 하는 생각이 들어요. 플롯이 모호하고, 모호함으로 모호한 걸 이야기하려 했다는 생각을 했어요.

하상훈씨의 감상 포인트는 아마도 자신과 다른 스타일에 있었던 것 같다. 독특한 문체, 모호함 자체를 드러내려는 듯한 이야기의 구조. 이종산씨는 결국 동의하지 않았지만.

아무려나, 내가 이 소설에서 가장 드라마틱한 대목으로 읽은 부분은 드라큘라의 편지였다. 그것은 드라큘라가 자신의 존재론적 수수께끼를 해결하려는 노력을 포기하고 마리와의 쓸데없는 농담의 시간들을 선택하는 인상적인 문장들이었는데, 그 편지를 주고받고서도 마리와 드라큘라는 끝내 헤어진다. 그리고 혼자 남겨진 마리가 일상을 견디던 어느 시점에서 텅 빈 운동장을 바라보는 것으로 이 소설은 끝나버린다. 그것은 너무 쓸쓸하고 또 어떤 의미에서는 너무 갑작스런 결말이었다.

이종산 그게 9장이잖아요. '전국노래자랑'이라는 소제목을 달고 있는. 사실 10장이 있었어요, 에필로그 같은. 애초 계획한 플롯에서는요. 처음부터 생각한 장면이 드라큘라가 떠나버리고 마리는 혼자서 코끼리의 관을 만드는 거예요. 그게 엄청나게 크니까, 그 관이 마리의 가게가 되어버리고 그 관으로 된 가게 앞에 드라큘라가 나타나는, 두 사람이 코끼리 관 안에서 재회하는 장면으로 끝내려고 했어요. 하지만 그렇게 쓰는 건 거짓이라고 생각했어요. 드라큘라와 마리 모두 떠도는 존재들이고, 그렇게 잠깐 마주쳤다가 떠나버리는 그 순간을 포착하는 게 저한테 진실에 가까울 것 같았어요. 저도 해피엔딩을 좋아하거든요. 특히 로맨스는 해피엔딩으로 끝나야 한다고 생각했어요. 하지만 그렇게 끝나면 소설 전체가 자기기만이 될 것 같았어요.

인터뷰 중간까지 나에게 이종산씨는 귀엽고 엉뚱한 가출소녀의 이미지로 비쳤는데, 이 대목에서 그녀가 결정적인 데서 냉정해질 수 있는 작가라는 생각이 들었다. 어떤 순간에 이르러 소설적 진실에 대해 생각하면서 그 진실을 위해 자신이 만든 사랑스러운 이미지들을 포기할 준비까지 되어 있다면, 그녀는 확실히 진지한 작가인 것이다.

내내 조용하던 하상훈씨가 거들었다.

하상훈 그 장면 때문에 드라큘라가 앞에서 했던 말이 다시 살아나고 공감되었어요. "아무것도 아니었던 게 될 거라고 해서 아무것도 아니었던 건 아니겠지."

스쳐 지나가는 사람들 사이의, 아무것도 아니었던 게 될 것이지만 아무것도 아니었던 것만은 아닌 뭔가를 포착하는 섬세함이, 또 그 섬세함을 보존하는 독특한 이야기 구조가 그녀에게는 있었던 것 같다.

*

이종산씨에게 하상훈씨의 『아프리카의 뿔』이 어땠는지 물었다.

이종산 우선, 길잖아요. 언제 다 읽지, 그랬어요. 그런데 호흡이 좋아서 잘 읽히더라고요. 독특한 게, 보통 이런 이야기를 소재로 삼으면 한국 입장에서 이야기를 하는데, 소말리아 입장에서 쓰는 것 같아서 독특했어요. 그럼에도 캐릭터 구축이 잘 되어 있고요. 작가가 배경을 완전히 소화하고 있다는 생각은 안 했어요. 설명이 너무 많아서.

이종산씨는 뭔가를 칭찬하는 듯하다가 갑자기 화기애애할 수만은 없는 합평회 분위기를 만들어버렸다. 이날 인터뷰에서 하상훈씨는 이종산씨에게 계속 당하는 느낌이었다. 하상훈씨는 이종산씨의 지적에 겸손하게도 나도 그렇게 생각한다는 투였고, 이종산씨의 소설에 대해 물을 때는 좋은 점에 대해 말하거나, 그렇지 않은 부분에 대해선 자신이 잘못 읽은 것 같다고 주저했다. 『아프리카의 뿔』에 대해 말할 때 두 사람은 톰과 제리 같기도 했는데,

누가 제리인지 판정하는 것은 무척 어려운 일이었다. 아무쪼록 서로에게 자극이 되는 훌륭한 동료이자 라이벌이 되기를.

이종산씨의 너무 엄격한 평과 달리 내가 읽은 『아프리카의 뿔』은 우리에게 잘 알려져 있지 않은, 국제관계 속에서의 소말리아의 위치를 매우 훌륭하게 소화하고 있었던 것 같다. 어떻게 그곳의 이야기를 쓸 생각을 했고 또 어떻게 그런 이야기들을 현실감 있게 만들 수 있었는지 궁금했다.

하상훈 해적을 그리고 싶다는 생각을 했어요. 만화 〈원피스〉나 영화 〈캐리비안의 해적〉에서 나오는 해적은 너무 엉터리라는 생각이 드는 거예요. 어떻게 약탈하지 않고 살인하지 않는 해적이 있을 수 있지? 반대로 뉴스에 나오는 해적과 그에 대한 사람들의 분노를 보면서 저렇지만은 않다고 말하고 싶었거든요. 누구나 먹고살기 힘들어지면 무기를 드는 게 맞다고 생각을 해요. 당장 배가 고픈데 먹을 것을 얻을 수 있는 방법이 전혀 없다면 옆집에 가서 훔치게 되는 것 같아요. 그 얘길 하고 싶었어요. 윤리적 문제에 대해서도 얘길 하고 싶었어요. 정해진 원칙이 있고 그다음에 삶이 있는 게 아니라고 생각해요. 삶이 먼저 있고 윤리가 있다는 생각. 그런 맥락에서 소말리아 해적을 다루게 된 것 같아요.

이야기를 들을수록 하상훈씨가 정통파 소설가라는 생각이 들었다. 세상에 유통되는 헛된 이야기들에 맞서 참된 이야기를 만드는 것, 그래서 그 소설을 읽고 난 뒤에 우리의 세계 이해가 조금

이라도 바뀔 수 있게끔 하는 것. 그런 것들의 근방에서 이야기를 만들면서, 삶의 잔인한 면(살인하지 않는 낭만적 해적이 있을 수 있는가?)과 윤리의 문제(선이란 무기를 들지 않고 얌전하게 굶어 죽는 것을·말하는가?)에 대해 날카로운 논점까지 갖추고 있다면, 이런 소설가에게는 어떤 기대를 걸지 않을 수가 없게 된다. 게다가 그가 놀랄 만큼 성실한 작가라면.

　내가 『아프리카의 뿔』에서 좋아하는 장면 가운데 하나는 동일13호를 쫓는 소말리아 해병대 부르하안 소위의 독백이다. 동일13호가 해적들의 접근을 감지하고 필사적으로 도망쳤고 그 바람에 부르하안 소위가 목표물의 위치와 항로를 알 수 없게 됐을 때에도 그는 결코 포기하지 않는다. 그가 만만치 않은 근성의 소유자이기 때문에? 그런 허술한 이유 때문이 아니다. '인도양의 눈다랑어는 12월부터 4월까지 분포한다. 이제 12월 초순인데 다섯 달간의 어업을 계획한 배가 이렇게 쉽게 고국으로 돌아갈 리는 없다.' 그러므로 동일13호는 절대 멀리까지 달아났을 리 없으니 수색을 포기할 수 없는 것이다. 하상훈씨는 이런 논리적 연결고리들로 디테일들 사이를 단단하게 묶어주며 장편소설이라는 피라미드를 쌓아올려놓고 있었다. 근육질의 작가가 아닌 다음에야 할 수 없는 일이다. 쉬운 일이었을 리가 없다.

　하상훈　자료를 찾는 게 쉽지는 않았어요. 우선 소말리아 역사에 대한 책을 찾을 수가 없었어요. 소말리아 역사와 가까운 공부를 하고 계신 교수님을 찾아서 연락을 시도해봤는데, 책을 찾는 것보다 차라리 구글을 뒤지는 게 나을 거라고 말씀해주시더라고요. 인터넷을 열심히 뒤지는 수밖에 없었어요. 『동아프리카사』 같은 책을 본 정도였고, 소말리아 작가의 책을 열심히 찾아서 읽었어요. 누르딘 파라(Nuruddin Farah) 책도 읽었고. 소말리아 출신의 세계적인 모델 와리스 디리(Waris Dirie)의 회상기 『사막의 꽃』도 큰 도움이 됐어요. 거기 보면 그분이 미국에 가서 가장 신기했던 게 그거라고 하시더라고요. 수도꼭지를 틀었더니 물이 나왔다는 것. 그리고 소말리아에 대한 다큐멘터리, 해적에 대한 다큐멘터리, 항해라든지, 참치 어선 다큐멘터리라든지, 아무튼 볼 수 있는 건 다 찾아보려고 했어요.

『아프리카의 뿔』에는 소말리아 역사나 원양어선 항해에 대한 정보들뿐 아니라 미군 함정과의 대치상황이나 전투 장면, 탈출 전략 등이 매우 자세히 묘사되어 있다. 그가 수집한 자료들 가운데는 군대에서의 경험에서 나온 것도 있을 것으로 예상하면서 그의 군대 시절에 대해 물었다.

하상훈 소설 속의 전투 장면들과 군대생활은 관련이 없어요. 그래도 군대 이야기를 해야 할 것 같은데, 저는 전경이었어요. 그때 제가 한 게, 경찰서 앞에서 경찰관 차가 들어오면 경례하고 주차 관리 해주는 거였는데, 훈련도 저는 훈련소 시절 이후에는 해본 적도 없어요. 흔히들 '땡보'라고 말하는 그런 거였어요. 그런 분위기였던데다가, 같은 소속 부대원이 열 명 안팎일 정도로 규모가 작은 곳이어서 군기라는 게 별로 필요 없었어요. 그래서 제가 고참일 때 폭력 없고 수직적인 관계가 덜한 군대를 만들어보려고 노력했어요. 다들 그런 거 좋다고 말하지만, 그게 간단하지 않아요. 우리가 겪었던 그런 악질 고참은 되지 말자고 약속했던 제 선임도 고참이 되니까 똑같더라고요. 그래, 고참인데도 빨래 네가 하고, 네 자리 네가 치우면 좋지, 하지만 난 그렇게 안할래. 제 군대생활은 어떤 전투 장면이나 이런 것보다 모하메드의 문제의식, 사람들 사이의 힘의 관계나 그런 것과 관련되어 있어요.

개인적인 것을 물을 때는 말을 아끼던 하상훈씨는 『아프리카의 뿔』에 대해서는 할 말이 많은 것 같았다. 한국 이야기가 아니라는 점이 특이하게 느껴졌다고 했더니, 그건 현실의 테두리를 한국 안으로 정하기 때문에 그런 것이란다.

하상훈 『아프리카의 뿔』이 다루는 것도 우리의 일인 거죠. 자료를 찾다보니 러시아 관광상품 중에 상선으로 위장한 배를 타고 소말리아 해적들이 활동하는 바다에 일부러 찾아가는 게 있대요. 그 배에 군인들이 탑승하고 있는데, 해적들이 접근하면 관광객들과 함께 소말리아 해적들을 살해하는 체험을 한다는 거예요. 이게 말도 안 되는 것 같은데, 실제로 가능한 게, 제가 소말리아 해적 백 명을 죽인다고 해도 처벌할 정부가 없는 거예요. 소말리아에 살고 있는 사람들에게는 법적인 의미에서 범죄란 게 아예 없는 거예요. 그런 현실을 우리는 받아들이고 그저 '나쁜 놈들, 한국

인들을 납치해?' 이런 식으로 이야기하고 있는 거잖아요. 방치하고 있는 거죠. 또 생각한 게 선진국이 너무 쉽게 미화되고 있는 현실에도 화가 났어요. 꼭 소말리아 이야기가 아니라고 해도 그들이 아름다움과 지혜, 부의 상징이 되고 나아가야 할 국가모델이 되고 있는데, 그 국가들은 실제로 그렇게 아름답고 윤리적이지 않잖아요. 하다못해 아직도 선진국들이 다른 나라에서 약탈한 문화재들을 돌려주지 않고 있잖아요. 공정하지 않은 무역이 당연시되고 있고 과거로 돌아가서 보면 그들의 문명 기저에 다른 나라들에 대한 수탈과 폭력이 있는 거잖아요. 소말리아 같은 나라들을 착취해 지금 선진국의 문화 기반을 이룩한 거잖아요. 우린 그걸 묵인하고 살고 있는 거잖아요.

수긍할 수밖에. 한국이라는 테두리를 초과하는 '현실'을 보는 하상훈씨의 시각에는 분명 설득력이 있다. 그는 벌써 이상에 대한 다음 소설을 구상한다고 귀띔해주기도 했는데, 이상이라면 소화제국의 피식민 지식인으로 동아시아의 국제질서를 조망하는 시야를 갖추고 조선어와 일본어로 시를 쓰며, 한문고전과 유럽의 모더니즘운동을 동시에 의식하고 있는 일급의 시인이 아닌가. 우리 문학사에서는 매우 드문 '세계인'이었던 셈. 한국이라는 테두리를 좁다고 생각하는 작가가 쓰는 '세계인' 이상에 대한 소설을 기대하지 않을 수 없게 됐다.

*

　인터뷰가 너무 길고 진지해져서 마지막에 가서 나는 조금 피로해졌던 것 같다. 조금 산만해진 나에게는 인터뷰가 끝날 즈음 엉뚱한 생각이 떠올랐다. 이런 비유가 도무지 성립하는 것인지 모르겠지만, 하상훈씨와 이종산씨는 각각 오른손잡이의 왼손 같은, 왼손잡이의 오른손 같은 느낌이다. 그런 비유가 혹시 성립할 수 있다면 두 사람은 썩 절묘한 대칭을 이루고 있지 않은가. 하상훈씨의 왼손이 계속해서 소설적인 근육 단련에 매진해주기를, 이종산씨의 오른손이 그녀가 말하는 '이야기'에 도달하기를 바란다. 바란다기보다는 그렇게 되리라는 예감이 든다. 내기를 걸어도 좋다.

문학동네 장편소설
코끼리는 안녕,
ⓒ 이종산 2012

초판인쇄 2012년 5월 29일
초판발행 2012년 6월 4일

지은이 이종산
펴낸이 강병선
책임편집 조연주 | 편집 황예인 이경록 | 디자인 윤종윤 유현아
마케팅 신정민 서유경 정소영 강병주 | 온라인마케팅 이상혁 장선아
제작 안정숙 서동관 김애진 | 제작처 영신사

펴낸곳 (주)문학동네
출판등록 1993년 10월 22일 제406-2003-000045호
주소 413-756 경기도 파주시 문발동 파주출판도시 513-8
전자우편 editor@munhak.com | 대표전화 031) 955-8888 | 팩스 031) 955-8855
문의전화 031) 955-8890(마케팅) 031) 955-8864(편집)
문학동네카페 http://cafe.naver.com/mhdn

ISBN 978-89-546-1843-4 03810
* 이 도서의 국립중앙도서관 출판시도서목록(CIP)은
  e-CIP 홈페이지(http://www.nl.go.kr/cip.php)에서 이용하실 수 있습니다.
  (CIP 제어번호 : CIP2012002454)

www.munhak.com